Der Schutz des Alphas

Renee Rose

Übersetzt von
Stephanie Kotz

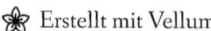 Erstellt mit Vellum

Ohne Titel

Renee Rose: HOLEN SIE SICH IHR KOSTENLOSES BUCH!

Tragen Sie sich in meine E-Mail Liste ein, um als erstes von Neuerscheinungen, kostenlosen Büchern, Sonderpreisen und anderen Zugaben zu erfahren.

https://www.subscribepage.com/mafiadaddy_de

Kapitel Eins

olleen

C Ich ziehe meine Kleider aus und tauche in den vom Mond beleuchteten Pool in den Bergausläufern Denvers.

Meine Kinder und ich wurden hier beim Haus eines völlig Fremden abgesetzt – eines Wolfs aus dem Denver-Rudel, der uns seinen Schutz zugesichert hatte, sobald er uns begegnet war. Der Grund dafür ist kein Rätsel.

Als ich seinen Geruch wahrnahm, erwachte mein Körper zum Leben. Ich vermute, dass es ihm genauso ging.

Allerdings sprachen wir kaum miteinander, weil er bei einer Drogenrazzia involviert war und wir bis zu seiner Rückkehr in die Sicherheit seines Hauses gebracht wurden.

Der nierenförmige Pool ist wundervoll, sieht aus wie eine natürliche Oase und an einem Ende fließt sogar ein Wasserfall in den dortigen Whirlpool. Die Luft ist herbstlich kalt, sodass Dampf von dem warmen Wasser aufsteigt. Der Mond steht tief am sternenübersäten Himmel.

Ich durchpflüge den Pool der Länge nach unter Wasser und tauche nur auf, um meine Lunge mit Luft zu füllen.

Ich bin seit Jahren nicht geschwommen, das Wasser beruhigt jedoch meine angespannten Nerven.

Vor weniger als einem Monat nahm ich meine Welpen und floh vor meinem gewalttätigen Gefährten aus Kentucky. Mit jedem verstreichenden Tag erobere ich mir ein Stück meiner Selbst zurück. Wir sind hier vermutlich sicher, zumindest für den Moment.

Dennoch schwimme ich, um meine Sorgen abzuschütteln. Falls uns Dirk – der Arschloch-Vater meiner Welpen – irgendwie findet, wird der Teufel los sein. Allerdings werde ich ihm nicht erlauben, uns zurückzuholen, ganz gleich, womit er uns dieses Mal droht.

Ich darf nicht so denken. Ich muss daran glauben, dass er uns hier nicht finden wird – zumindest nicht heute Nacht.

Ich tauche wieder unter Wasser und schwimme erneut der Länge nach durch den Pool, bevor ich auftauche, um nach Luft zu schnappen. Als ich das tue, keuche ich.

Der Geruch des Gestaltwandlers erreicht mich als Erstes – Leder, Kaffee und köstliches Männchen. Er ist zu Hause.

Mark Ruhl, ein Agent der amerikanischen Drogenbehörde DEA, steht am Rand des Pools und starrt mit einem raubtierhaften Funkeln in den Augen auf mich herab. Er ist mindestens zehn Jahre älter als ich und sieht in seiner Uniform und mit den breiten Schultern und muskulösen Armen unglaublich aus.

Ich ziehe die Knie an, um meine nackten Brüste im Wasser zu verbergen, und unsere Blicke treffen sich.

„Du musst keine Angst vor mir haben, kleine Wölfin." Seine Stimme ist ein kräftiger Bariton, der ein Kribbeln über meine Schultern und meinen Nacken sendet. Autorität liegt in dem tiefen Grollen, allerdings nicht die Sorte, vor der ich mich in Acht zu nehmen gelernt habe. Es ist die Sorte, die Wärme und Sicherheit vermittelt. Wie die Autorität, von der ich dachte, mein Vater würde sie besitzen, bevor er meine Paarung mit Dirk veranlasste.

Mark geht in die Hocke und seine Augen leuchten im Mondlicht. Er sagt nichts, sondern hält bloß meinen Blick auf eine Weise, die mein Herz zum Hämmern bringt. „Hast du Angst?"

Mein Körper erwacht zum ersten Mal seit Jahren zum Leben. Meine Nippel ziehen sich in dem warmen Wasser zusammen und heiße Schauder wärmen meine Mitte. Ich schlucke. „N-nicht vor dir", gestehe ich.

Seine Lippen biegen sich an den Mundwinkeln nach oben. „Gut. Es tut mir leid, dass du hier allein zurückgelassen wurdest." Seine Augenwinkel kräuseln sich. „Ich bin froh, dass du schwimmen gegangen bist. Es sieht aus, als hättest du dich sicher gefühlt."

Ich nicke. „Ist bei der Drogenrazzia alles gut gelaufen?"

„Ja. Alles hat geklappt."

Ich ziehe meine Hände durch die Wasseroberfläche und meine Brüste werden kalt, als sie aus dem Wasser gehoben werden. Sofort sinke ich wieder tiefer.

Marks Augen nehmen einen silberfarbenen Schimmer an und seine Nasenflügel blähen sich. „Warst du hier draußen, um mich in Versuchung zu führen, kleine Wölfin?"

Ich schüttle den Kopf, obwohl ich mich nun, da er es ausgesprochen hat, frage, ob meine Wölfin nicht doch hinter der Aktion steckt.

„Ich glaube, wir wissen beide, dass diese Anziehung zwischen uns ..." Er unterbricht sich, als ich meinen Kopf schüttle und zurückweiche.

„Okay. Du bist nicht bereit, das zu hören. Natürlich bist du das nicht. Komm zurück." Er winkt mich zu sich, doch ich rühre mich nicht. Er zeigt keinerlei Anzeichen von Zorn. Stattdessen scheint er sanfter zu werden. „Du hast eine Menge durchgemacht, Colleen ... zu viel. Ich weiß, dass du noch Angst hast. Ich möchte nur, dass du dich jetzt sicher fühlst. Ich möchte, dass du weißt, dass ich mich um dich und die Welpen kümmern werde. Ich werde nicht zulassen, dass dich jemand anfasst. Ich verspreche es."

Ich glaube ihm. Ich meine, ich glaube seinen Absichten. Er weiß jedoch nicht, wie mächtig Dirk ist – er ist ein Alpha mit einem Rudel von mindestens 150 Wölfen. Und er ist grausam.

Und ja, ich weiß, dass Mark Ruhl mein vom Schicksal vorherbestimmter Gefährte ist. Ich wusste es in dem Moment, in dem ich seinen Duft auffing. Sogar jetzt hebt sich meine Laune in seiner Nähe, als würde die Sonne nach einem fürchterlichen Gewitter hervorkommen.

Doch ich kann mich nicht von ihm markieren und beanspruchen lassen, denn damit würde ich unseren Tod besiegeln. Möglicherweise auch den meiner Kinder. Dirk ist so psychopathisch und mächtig.

„Komm her", lockt er mich erneut zu sich. Dieses Mal gehorcht mein Körper von sich aus und verursacht kleine Wellen, als ich an den Beckenrand trete.

Er greift nach mir und ich entziehe mich seinem Griff nicht, obwohl er ein beinahe Fremder ist und ich in den letzten zehn Jahren nichts als Qualen durch die Hände eines Männchens erlebt habe. Mein Körper kennt seinen Herrn. Meine Wölfin will beansprucht werden.

Er zeigt seine Gestaltwandlerkraft, indem er mich an den Achseln aus dem Pool hebt, als sei ich ein kleines Kind. Wasser tropft von meinem nackten Körper, aber die Kälte kann mir nichts anhaben. Dampf steigt von meiner Haut auf.

„Ich bemühe mich wirklich sehr, nicht hinzuschauen, Süße", grollt er mit rauer Stimme.

Er stellt mich auf meine Füße und bückt sich, um das Handtuch aufzuheben, das ich am Beckenrand habe liegen lassen. Trotz seiner Worte schaut er mich an. Sein glühender, begieriger Blick wandert über meinen Körper, während er das Handtuch um mich wickelt. Ein leises Knurren dringt aus seiner Kehle und sein Schwanz beult seine Uniformhose aus.

Ich sollte Angst haben. Möglicherweise hat er Probleme, seinen Wolf zu kontrollieren, was bedeutet, dass er mich gegen meinen Willen markieren könnte. Allerdings ist mir in seiner Gegenwart nur heiß, mein ganzer Körper kribbelt für ihn, ist ruhelos und lüstern.

Er zieht den Saum des Handtuchs über meine Brüste. Seine Augen leuchten silberfarben – sein Wolf will mich.

Ich zittere, aber noch immer nicht vor Angst.

Er hat das Handtuch nicht losgelassen, seine Finger stecken noch zwischen meinen Brüsten und er zieht mich mit ihnen näher zu sich. „Ich werde dir beibringen, mir zu vertrauen", murmelt er, als würde er einen Schwur leisten. „Ich werde mich um deine Bedürfnisse kümmern, Babygirl. *All* deine Bedürfnisse."

Mein Atem weht leicht schockiert über meine Lippen und ich versuche, einen Schritt rückwärts zu machen, doch er hält das Handtuch fest und mich in seiner Nähe.

„Erlaube mir, es dir zu zeigen."

Ich schüttle ruckartig den Kopf. „I-ich kann nicht."

„Ich werde nichts von dir nehmen. Ich möchte nur geben, Babygirl." Seine Nasenflügel blähen sich, als er meinen Geruch einatmet. „Ich kann dein Verlangen riechen. Schmerzt es zwischen deinen hübschen Beinen, kleine Wölfin?" Er treibt mich langsam rückwärts.

Eigentlich will ich ihm nicht antworten, aber es ist, als stünde ich unter einem Bann. Es ist nicht die Art, die einen Wolfskörper dazu zwingt, körperlich auf die Dominanz eines Alphas zu reagieren. Es ist etwas Tieferes und Rätselhafteres. Mein Kopf wackelt auf und ab, als ich bejahe.

Meine Waden berühren eine Liege und knicken ein. Er hält mich mit dem Handtuch aufrecht.

„Ich werde den Schmerz wegküssen, Colleen. Ich muss von dir kosten. Bitte, nur eine kleine Kostprobe, damit ich die Nacht überstehe, obwohl ich dich nicht beansprucht habe."

Ich hole scharf Luft. Dieser Wolf wird nicht klein beigeben. Mein Körper versteht das gut. Meine Wölfin sehnt sich verzweifelt nach ihm. Also lehne ich mich auf der Liege nach hinten und lasse das Handtuch wegfallen.

Mark wartet keine zwei Sekunden, bis er sich vor die Liege kniet und meine Beine weit auseinanderschiebt.

„*Diese Pussy*", höre ich ihn grollen, habe jedoch keine Ahnung, was er damit meint. Es spielt keine Rolle. Er leckt in mich und katapultiert mich mit jeder meisterhaften Zungenbewegung in die Erdumlaufbahn. Ich habe noch nie so etwas erlebt und meine Augen rollen nach hinten, als jedes Nervenende zum Leben erwacht.

Er fährt meine Schamlippen nach und dringt mit seiner Zungenspitze in mich. Er drückt meine Knie zu meinen Schultern und leckt mich vom Anus bis zum Kitzler.

Es ist intim, peinlich und unglaublich wundervoll. Ich bin trunken von Empfindungen, von seinen Pheromonen und dem Mondlicht.

Das ist neu für mich. Dirk haben meine Bedürfnisse nie interessiert und er ist das einzige Männchen, mit dem ich je zusammen war.

„Diese Pussy", wiederholt Mark, als er nach Luft schnappt.

„Was ist damit?", würge ich hervor.

„So wunderschön." Er senkt abermals den Kopf und gleitet mit der Zunge über meinen Kitzler.

Ich fahre mit den Fingern durch seine kurz rasierten Haare und hebe meine Brüste dem Nachthimmel entgegen.

„Mark." Mein erstickter Schrei klingt, als käme er von einem anderen Weibchen. Jedenfalls nicht von mir.

„So ist's richtig, Babygirl. Wirst du auf Daddys Zunge kommen?"

Hat er sich gerade *Daddy* genannt? Meine Pussy läuft in Reaktion darauf aus. Es ist so heiß, falsch und peinlich und *beim Schicksal, ja,* ich will das.

„Komm für Daddy."

Mein Körper reagiert augenblicklich auf den Befehl, denn mein Orgasmus beginnt und meine Zehen krümmen sich.

„Ja", antworte ich heiser, als sich der Orgasmus ausbreitet und meine Muskeln zusammenziehen und pulsieren.

Er dringt mit zwei Fingern in mich und meine Wände verkrampfen sich um diese, während ich einen Schrei ausstoße.

Er saugt an meinem Kitzler, während er seine Finger rein und raus bewegt und mir noch einen Orgasmus entringt. Dieser ist so stark, dass sich meine Innenschenkel um seine Schultern schließen und meine Hüften von der Liege heben.

Ich starre zu den Sternen empor, die sich drehen, bewegen und neu anordnen. Als der Himmel aufhört, sich zu bewegen, erschlafft mein Körper und der Atem entweicht mir kraftlos.

Mark erhebt sich über mir und ich zucke zusammen, denn seine Augen sind immer noch silberfarben und die nackte Gier auf seinem Gesicht kann nur mir gelten. „Hab keine Angst vor mir, Babygirl. Ich habe dir gesagt, dass ich nichts nehmen werde. Ich werde dich erst beanspruchen, wenn du bereit bist und mich darum bittest. Das ist ein Versprechen."

„Mark", murmle ich. Es ist eine Klage, denn ich weiß, wie sehr es ihn schmerzen muss, sich zurückzuhalten.

Die Hände meines Gefährten zittern, als er nach dem Saum meines Handtuchs greift und es vorsichtig um mich wickelt. „Komm, Schönheit." Mit dem Handtuch hebt er mich geschmeidig wieder auf die Füße. „Kannst du laufen?"

Ich starre ihn verblüfft an. Es hat sich noch nie jemand so rührend um mich gekümmert. Das weckt den Wunsch in mir, zu weinen. Als ich nicht antworte, hebt er mich in seine Arme, sammelt meine Kleider vom Boden auf, wo ich sie liegen gelassen habe, und trägt mich ins Haus.

Der Alpha des Denver-Rudels hat uns heute Abend hier abgesetzt und die Tür mit einem Code geöffnet, den Mark ihm gegeben hatte. Er teilte uns mit, dass wir uns wie zu Hause fühlen sollten, aber mir war nicht wohl dabei, die Kinder einfach in ein Bett zu legen, bis Mark da war, um uns zu sagen, wohin wir gehen sollen.

Meine Welpen schlafen beide auf den Sofas im Wohnzimmer, aber Jayden, mein Neunjähriger, regt sich, als wir den Raum betreten, und ich versteife mich.

Mark stellt mich sofort auf die Füße, da er offensichtlich versteht, dass ich nicht möchte, dass uns Jayden so sieht.

Das Delirium unseres gestohlenen Augenblicks ist verschwunden und das vertrautere Gefühl von Dringlichkeit und Furcht setzt wieder ein. Rasch schlüpfe ich in meine Kleider.

Mark hebt Angie, meine Sechsjährige, in seine Arme. Sie wimmert im Schlaf, doch ihr Kopf fällt schwer auf seine Schulter. „Ich werde sie hochtragen", informiert er mich.

Jayden würde niemals zulassen, dass ihn jemand trägt. Sein Leben war so schwer wie meines. Ich wecke ihn sachte auf. „Zeit, ins Bett zu gehen, Kumpel", sage ich leise. „Komm."

Er rollt sich auf die Füße, blinzelt und ist sofort wachsam. Mein kleiner Krieger, der immer versucht, mich oder seine jüngere Schwester zu beschützen.

Auf dem Weg nach oben erblicke ich mich in einem gerahmten Spiegel und bleibe stehen, um mich anzustarren. Ich sehe jünger aus als gestern – mindestens fünf Jahre jünger. Mein Erscheinungsbild entspricht nun eher meinem eigenlichen Alter. Meine Haut, die vom Stress fahl und bleich geworden war, leuchtet im Lampenschein. Ich berühre die Stelle in meinem Mund, wo mir zwei Zähne fehlen. Dirk hat sie mir an dem Tag ausgeschlagen, an dem ich ihn verließ, und sie sind nicht nachgewachsen. Meine natürlichen Gestaltwandlerheilfähigkeiten wurden wegen des mentalen und emotionalen Traumas unterdrückt, das er mir ständig zufügte.

Mein Zahnfleisch schmerzt jetzt und ich spüre die scharfen Spitzen neuer Zähne, die durchbrechen.

Ich atme überrascht aus. Es war bloß ein Orgasmus nötig.

Nach einem Orgasmus von der Zunge meines Gefährten begann ich, zu heilen.

Es scheint zu gut zu sein, um wahr zu sein, das liegt jedoch daran, dass es so ist.

Ich darf Mark Ruhl nicht erlauben, mich zu beanspruchen, auch wenn er meinen Körper zum Singen bringt.

Ich würde sein Leben niemals auf diese Weise in Gefahr bringen.

* * *

Mark

Ich möchte, dass Colleens Aroma für immer auf meiner Zunge haften bleibt. Meine Gefährtin zu befriedigen, ist meine neue Mission im Leben. Ich weiß nicht, woher die *Daddy*-Sache kam – die kinky Worte sind mir einfach über die Lippen gerutscht, als ich sie geleckt habe, doch sie fühlten sich richtig an. Als Alphawolf war ich schon immer dominant, dies ist jedoch das erste Mal, dass ich eine Frau behüten und umsorgen möchte. Dass ich sie verwöhnen und sicherstellen will, dass sie weiß, wie sehr sie geschätzt wird.

Dass sie die meine ist. Ganz allein die meine.

Doch sie ist nicht bereit dafür ... noch nicht. Momentan befindet sie sich im Überlebensmodus, weshalb ich ihr das Gefühl geben muss, dass sie in Sicherheit und beschützt ist.

Ich führe sie nach oben und drücke die Tür des Gästezimmers auf. Ich schalte das Licht nicht an, um den schlafenden Welpen nicht zu stören. „Ihr drei könnt in diesem Zimmer schlafen, außer ...“

„Das hier ist prima“, erwidert sie rasch und schiebt sich an mir vorbei, um die Decke auf dem Bett zurückzuschlagen. Ich lege das kleine Mädchen in die Mitte, woraufhin es seufzt und sich umdreht. Der Junge krabbelt neben seine Schwester und schließt die Augen.

Ich bin mir nicht sicher, wie ich die Nacht überstehen werde, solange ich Colleen nicht beansprucht habe und sie unter meinem Dach lebt, aber ich muss es tun. Sie muss sich sicher fühlen.

Ich werde sofort mein Büro ausräumen und zu einem Kinderzimmer machen, damit sie sich nicht wie Gäste in meinem Haus fühlen. Ich will, dass sie wissen, dass dies nun ihr Zuhause ist. Für einen Menschen mag es verrückt wirken, dass ich gewillt bin, mein ganzes Leben für drei Leute umzukrempeln, die ich gerade erst kennengelernt habe, für einen Wolf ist das jedoch selbstverständlich. Ich habe vierzig Jahre lang gedacht, dass ich meine vom Schicksal bestimmte Gefährtin nie finden würde. In meinen Zwanzigern besuchte ich Gestaltwandlerspiele, wie man es von mir erwartete, doch als mich mein Alpha bat, als Enforcer für den Rat zu dienen, hörte ich auf, nach meiner Gefährtin zu suchen.

Ich gehe zum Wäscheschrank und hole einen Stapel Handtücher heraus, den ich Colleen bringe. „Das Badezimmer ist gleich dort drüben. Ich glaube, ich bewahre einige verpackte Zahnbürsten in der obersten rechten Schublade auf."

„Danke schön." Sie sieht mich nicht an, als sie die Kinder zudeckt.

Sie braucht Ruhe und Privatsphäre, aber ich kann mich nicht dazu überwinden, den Türrahmen zu verlassen. Ich will sie in meine Arme ziehen und die Sorgen aus der Welt schaffen, wegen denen ihr Gesicht wieder verkniffen ist.

„Komm her", sage ich leise. Ich habe nicht vor, die Bitte zu einem Befehl zu machen, in mir steckt jedoch genug Alpha, dass fast alles wie ein Befehl herauskommt.

Sie huscht an mir vorbei in den Flur. Ich verlasse das Schlafzimmer und schließe die Tür.

„Ich kann Cody bitten, eure Sachen in Colorado Springs zu packen", biete ich mit leiser Stimme an, damit ich die schlafenden Kinder nicht wecke. Cody ist der Alpha des dort ansässigen kleinen Rudels. Colleen hatte in der Stadt gelebt und gestern um seine Hilfe gebeten, nachdem Jayden von einem Auto angefahren worden war.

Für einen Gestaltwandler ist ein Autounfall kein Problem, die Menschen, die eine spontane Heilung sehen würden, sind allerdings eines. Cody musste sie aus dem Krankenhaus holen, bevor Jayden untersucht wurde. Er brachte die drei zu seinem Haus für den Fall, dass wegen des Krankenhausberichts Informationen zu ihrem Ex geschickt wurden. Ich war wegen einer Drogenrazzia in Colorado Springs und lernte sie kennen. Da Codys Rudel nicht stark genug wäre, um Colleens ehemaliges Rudel mit seinen vielen Mitgliedern abzuwehren, forderte er Hilfe vom Denver-Rudel an und ich meldete mich sofort freiwillig, sie persönlich zu beschützen.

Colleen schüttelt den Kopf. „Wir hatten dort nicht viel. Nur eine Matratze und einige Kleidungsstücke."

Ich knirsche mit den Zähnen, da es mich entsetzt, wie meine Gefährtin gelebt hat. „Dann werde ich morgen mit dir neue Kleider und Hygieneartikel kaufen gehen. Was immer du brauchst."

„Danke." Ihr Zimtduft füllt meine Nase und wühlt meinen Wolf auf.

„Cody hat mir erzählt, dass du Schutz vor deinem ..." Ich kann mich nicht überwinden, das Wort *Gefährte* auszusprechen, denn sie gehört zu mir. Doch irgendein anderes Männchen hat sie offensichtlich beansprucht. Mehrere Male und auf brutale Art nach den unverheilten Narben auf ihrer Schulter zu urteilen. Etwas hat sich auf ihre Heilfähigkeiten ausgewirkt – zweifellos der Stress dessen, womit sie leben musste.

„Unserem Alpha", antwortet sie.

Ich versuche, mir meinen Zorn nicht anmerken zu lassen, dass ein Männchen, das für würdig erachtet wird, ein Rudel anzuführen, dessen schwächere Mitglieder verletzt, anstatt sie zu beschützen.

„Und du glaubst, er wird das ganze Rudel mitbringen, wenn er kommt?"

Sie schüttelt den Kopf. „Vielleicht nicht. Ich habe Cody gestern zum ersten Mal kontaktiert, als Jayden von einem Auto angefahren wurde und wir zu einem Menschenkrankenhaus gehen mussten. Ich hatte Angst, dass er benachrichtigt werden würde, falls er eine Vermisstenanzeige aufgegeben hat."

„Okay. Ich werde das am Montag überprüfen, wenn ich arbeiten gehe. Ich kann auf derlei Berichte zugreifen. Allerdings möchte ich nicht, dass du dich weiterhin verstecken musst, Süße. Es wäre besser, ihm mitzuteilen, dass du hier bist und unter dem Schutz des Denver Rudels stehst."

„Nein", protestiert sie sofort.

Ein Knurren löst sich aus meiner Kehle und sie zuckt zusammen.

Ich strecke die Hand aus und berühre ihren Arm. „Es tut mir leid, Babygirl. Ich knurre nicht dich an. Ich wollte nicht knurren."

Sie zieht den Kopf ein, um ihre Unterwerfung auf wölfische Art anzuzeigen, und ich will mir ins Gesicht boxen.

„Kannst du mir verraten, warum du dich nicht von ihm befreien willst?"

Sie schüttelt den Kopf. „Ich will nicht, dass wegen mir ein Krieg zwischen den Rudeln ausbricht. Ich kenne dein Rudel nicht einmal. Es ist nicht fair, dich zu bitten, mich zu beschützen."

Ich verdränge mein Bedürfnis, ihre Feinde ein Glied

nach dem anderen zu zerreißen und zu ihren Füßen zu legen. Ich atme langsam aus, um meine gewalttätigen Gedanken unter Kontrolle zu kriegen. „Es *ist* fair, das zu fragen", widerspreche ich. Ich weiß, dass sie nicht hören will, dass sie meine Gefährtin ist, weshalb ich es jetzt nicht sage, aber ich bin mir sicher, sie weiß, was ich meine.

Ich kann nicht entscheiden, ob sie mir nicht glaubt, anderer Meinung ist oder einfach noch nicht bereit ist, einen neuen Gefährten in Erwägung zu ziehen. Für den Moment muss ich jedoch geduldig sein und es langsam angehen lassen.

„Es gibt etwas, was du über mich wissen solltest", sage ich in der Hoffnung, dass sie das, was ich ihr erzählen möchte, nicht noch mehr verschrecken wird.

Sie versteift sich.

„Ich arbeite nicht nur für den menschlichen Gesetzesvollzug. Ich bin ein Enforcer des Gestaltwandlerrats." Im Grunde genommen bedeutet das, dass ich eine Pistole mit Silberkugeln und eine Lizenz zum Töten habe. Wenn sich Gestaltwandler auf der falschen Seite der menschlichen Gesetze wiederfinden oder zu einer Gefahr für unsere Spezies werden, erlässt der Rat manchmal, dass ein Gestaltwandler getötet werden muss. Ich bin der Kerl, der diese Befehle ausführt. Es ist eine geheime Rolle zum Schutz unserer Familien, ungefähr so wie die vermummten Henker aus dem Mittelalter. „Es ist ein Job, den ich kündigen werde, sobald ich eine Gefährtin habe." Ich werfe ihr einen Blick von der Seite zu, um zu schauen, wie diese Aussage bei ihr ankam. Sie muss wissen, dass ich unsere Familie nicht in Gefahr bringen würde. Ich möchte allerdings auch, dass sie versteht, dass ich gut ausgerüstet bin, um mich mit Problemen auseinanderzusetzen. „Ich möchte nur, dass du weißt, dass ich mich darum kümmern kann, sollte die Lage brenzlig werden."

Sie holt Luft und stößt sie langsam aus. „Gut zu wissen."

Ich erlaube mir einen Moment der Erleichterung, dass ich ihr mit meinem Geständnis keine größere Angst eingejagt habe.

Ich lege eine Hand an ihre Wange und streichle sie mit dem Daumen. „Bist du okay?"

Sie beugt sich vor und lehnt sich fast an mich, aber nicht ganz. „Ja. Danke." Sie hält den Blick auf die altmodische Art wölfischer Unterwürfigkeit gesenkt.

Ich neige ihr Gesicht nach oben. „Schau mich an, Babygirl. Ich will, dass diese hübschen Augen auf mein Gesicht geheftet sind. Ich brauche es nicht, dass du mir Hochachtung entgegenbringst." *Du bist meine verdammte Gefährtin.*

Sowie sich unsere Blicke treffen, durchfährt mich ein elektrisierender Schlag. Ich rieche ihre Erregung wieder und kann mir ein Stöhnen kaum verkneifen. Ich sollte ihr eine gute Nacht wünschen, zögere jedoch. „Brauchst du irgendetwas?"

Einen langen harten Fick?

Meine Zähne in deiner Schulter?

Ja, wahrscheinlich nicht.

„Nur ein wenig Schlaf."

Richtig. Schlaf.

Ich will sie unbedingt küssen, weiß allerdings, dass sie Freiraum braucht. Ich entscheide mich dafür, einen Kuss auf ihre Stirn zu drücken. „Gute Nacht, kleine Wölfin."

„Gute Nacht." Sie sieht mir in die Augen, ihr Blick wirkt jedoch beinahe schüchtern.

Ich warte, bis sie die Tür hinter sich geschlossen hat,

bevor ich mich zwinge, durch den Flur zu meinem Schlaf-zimmer zu gehen.

Es wird eine lange Nacht werden.

* * *

Colleen

Ich finde dort eine Zahnbürste, wo es mir Mark beschrieben hat, putze meine Zähne und wasche mein Gesicht, starre noch etwas länger in den Spiegel und bewundere die Veränderungen an meinem Erscheinungs-bild. Ich sehe jünger aus. So viel hübscher. Fast normal. Ich entdecke einen Kamm und verbringe einige Zeit damit, ihn durch meine Haare zu ziehen.

Ich höre die Dusche in Marks Badezimmer.

Im Gästezimmer schlafen meine beiden Welpen bereits tief und fest. Ich trete meine Schuhe beiseite, drehe eine Runde durch das Schlafzimmer und untersuche es. Das Zimmer ist schlicht eingerichtet und es stehen keine persön-lichen Gegenstände auf der Kommode. Geschmackvolle Aquarelllandschaften von Colorado hängen an den Wänden. Sie scheinen alle vom selben Künstler zu sein. Ich trete näher, um mir die Unterschrift genauer anzusehen. *Jeanne Ruhl.* Seine Mutter? Schwester?

Ich will gehen und ihn danach fragen. Ich sollte die Gegenwart eines Mannes, den ich gerade erst kennenge-lernt habe, nicht vermissen, tue es jedoch.

Schau mich an, Babygirl.

Ich liebe es, wie er mit mir spricht – diese tiefe Stimme ist so rau und voller Sex und Verlangen. Er ist ein großes Männchen – stämmig mit dicken Muskeln, die sich unter seiner Uniform wölben. Ich will ihn auch ohne Uniform sehen. Was ein verrückter Gedanke ist angesichts dessen, dass ich noch nie Interesse an einem Männchen hatte. Ich wurde viel zu jung mit Dirk verpaart, um jemals wieder an Männchen denken zu wollen.

Ich beginne, meine Jeans aufzuknöpfen, und ziehe sie aus, bevor mich eine törichte Idee packt. Ich knöpfe meine Jeans wieder zu, öffne die Tür und gehe durch den Flur. Die Dusche ist nicht mehr zu hören. „Mark?"

Seine Tür öffnet sich sofort. Seine kurzen Haare sind nass und er trägt ein hellblaues T-Shirt und eine Boxershorts.

„Was brauchst du, Süße?"

Dich. Wieder in seiner Nähe zu sein, entfacht ein Feuer in mir und beruhigt mich zugleich. Sein Kaffee- und Leder-duft durchzieht den Raum. Ich will mehr von dem, was er mir auf der Liege geschenkt hat. Einen Einblick in etwas Sinnliches und Hübsches, was ich noch nie zuvor gefühlt habe.

„Ähm, hast du ein T-Shirt, in dem ich schlafen kann?" Es ist keine Ausrede. Ich schwöre es. Das ist es nicht. Ich will wirklich nur aus diesen Kleidern raus und habe nichts anderes zum Anziehen.

„Natürlich." Er hält meinen Blick, während er sich das vom Körper schält, das er trägt, was meinen Bauch dazu bringt, Saltos zu schlagen. Seine Brust wirkt ohne den Stoff noch breiter. Sie ist mit Muskeln besetzt und mit weichen, dunklen Locken übersät. Meine Finger zucken aus dem Drang heraus, mit den Fingernägeln über seine Haut zu fahren.

Ich lecke mir über die Lippen. Sein Blick folgt der Bewegung und seine Augen werden silberfarben. Ich bemühe mich, zu schlucken, als er mir das Shirt reicht. „Danke schön." Ich scheine mich nicht dazu bringen zu können, es ihm aus der Hand zu nehmen und durch den

Flur zurückzugehen. Ich kann bloß den umwerfenden Mann anstarren, der vor mir steht.

„Gefällt dir, was du siehst, Babygirl?" Sein tiefes Grollen wäscht über mich und bringt all meine Nervenenden zum Kribbeln.

Aus Angst, dass ich in seine Arme – und sein Schlafzimmer – stolpern werde, reiße ich das T-Shirt aus seiner ausgestreckten Hand und gehe rasch zu meinem Zimmer zurück. Als ich an der Tür angekommen bin, bleibe ich stehen und schaue über meine Schulter wohlwissend, dass er sich nicht bewegt hat, da ich seinen Blick auf meinem Rücken spüre. „Ja", gestehe ich, bevor ich die Tür öffne und mit hämmerndem Herzen hindurchschlüpfe.

Ich höre ein leises Grollen von ihm, als er seine Tür schließt. Ein Knurren, aber kein bösartiges.

Er will mich.

Dirk wollte mich nicht. Er nutzte Sex als eine andere Form von Gewalt. Es war eine Grausamkeit, die nie zu unserem Vergnügen gedacht war.

Ich will nicht an Dirk denken. Daher ziehe ich mich bis auf mein Höschen aus, schlüpfe in Marks großes Shirt und lasse mich von seinem Duft einhüllen. Ich weiß, dass er mir dieses Shirt absichtlich gegeben hat. Damit ich seinen Geruch an mir habe. Er versucht, die Reaktion meines Körpers auszulösen und mir zu zeigen, dass er mein Gefährte ist.

Als wüsste ich das nicht bereits.

Kapitel Zwei

Mark

Ich wache spät auf – was mir gar nicht ähnlichsieht, allerdings habe ich die ganze Nacht lang meine Faust gefickt. Dass meine Gefährtin unter meinem Dach war und in meinem Gästezimmer schlief, trieb meinen Wolf in den Wahnsinn. Hinzu kam, dass ich wusste, dass sich meine Gefährtin ebenfalls berührte. Ich roch ihre Erregung und hörte ihren beschleunigten Atem sowie ihre ruhelosen Bewegungen durch die Tür. Es brachte mich um den Verstand, zu wissen, dass sie vermutlich so erregt war wie ich.

Ich schlief endlich ein, als die Sonne aufging und erhielt einige Stunden Schlaf.

Jetzt dringt aus meiner Küche der Geruch von etwas Süßem. Ich schlüpfe in eine Jeans und tapse durch den Flur, während ich mir ein Shirt über den Kopf ziehe. Ich höre das leise Schnarchen ihrer Welpen, das noch immer aus meinem Gästezimmer kommt.

Ich gehe die Treppe hinab und bei dem, was ich in der Küche vorfinde, nimmt mein Schwanz eine horizontale Position ein – oder zumindest so horizontal, wie es möglich ist, während er in dem Jeansstoff gefangen ist. Colleen steht in einem Höschen und dem zu großen T-Shirt, das ich ihr zum Schlafen gegeben habe, in der Küche und wendet French Toasts in einer Bratpfanne. Als ich mich letzte Nacht in meinem Schlafzimmer einsperrte, damit ich nicht in ihr Zimmer platzte und ihr dabei half, sich zu befriedigen, nahm ich mir vor, es heute langsam angehen zu lassen. Ich weiß nicht, was sie alles durchgemacht hat, kann jedoch erkennen, dass meine Gefährtin lange Zeit terrorisiert wurde.

Sie ist nicht bereit, zu vertrauen, und kennt mich nicht. Nur weil uns unsere Biologie sagt, dass wir vom Schicksal dazu bestimmt sind, zusammen zu sein, heißt das nicht, dass sie gewillt oder bereit ist, das zu akzeptieren.

Doch als ich sie so sehe und die erdige Zimtnote ihres köstlichen Dufts auffange, übernimmt die Aggression die Kontrolle. Mein Verlangen, sie zu befriedigen, mich mit ihr zu paaren und sie zu markieren, ist das Einzige, woran ich denken kann.

„Aw, Babygirl", rumple ich, trete an ihren Rücken heran und fülle eine Handfläche mit der Rundung ihres Hinterteils. Meinen anderen Arm schlinge ich um ihre Taille, um sie an meiner Brust gefangen zu halten. „Ich sollte diesen fantastischen Hintern versohlen, weil du mich so gezielt erregst." Ich massiere ihre runden Pobacken und kann das leise, rumpelnde Knurren in meiner Brust nicht unterdrücken. „Du siehst heute Morgen einfach reizend aus." Meine Finger gleiten unterhalb ihrer Pobacken entlang und streifen ihre intimste Körperregion.

Der Geruch ihrer Erregung durchzieht die Luft und sie lehnt den Kopf an meine Schulter. Sie mag emotional nicht für mich bereit sein, ihr Körper kennt seinen Herrn allerdings schon. Ich schiebe meine Hand vorne in ihr Höschen und tauche einen Finger in ihre Feuchtigkeit. „Würde dir das gefallen, Babygirl?", raune ich ihr ins Ohr. „Brauchst du es, dass dein Wolf-Daddy dir das Höschen auszieht und den Hintern versohlt?"

Sie stöhnt leise.

„Das würde dir recht geschehen nach der Nacht, die ich hatte. Ich habe kaum geschlafen, da dein Geruch wie eine Droge durch mein Haus waberte."

Ihre feuchte Mitte verkrampft sich um meine Finger herum. Mein Schwanz presst sich an ihren Rücken und brennt darauf, mitzumischen. Fünfzig verschiedene Arten, meine kleine Wölfin zu nehmen, gehen mir durch den Kopf – über die Theke gebeugt, auf dem Tisch mit weit gespreizten Beinen, rittlings auf meinen Schultern sitzend, damit sie meinen Mund reiten kann. Ich bin so bezaubert von ihrem leisen erregten Wimmern und ihrer feuchten Mitte unter meiner Fingerkuppe, dass mir das Geräusch von Bewegungen hinter uns entgeht.

„Lass sie in Ruhe!", verlangt eine zarte, jedoch leidenschaftliche Stimme.

Colleen keucht. Ich lasse sie los, wirble herum und entdecke Jayden am Fuß meiner Treppe. Seine blau-grünen Augen sind weit aufgerissen und wirken trotz der wütend verzogenen Augenbrauen verängstigt. Ich hole tief Luft, um meinen lüsternen Wolf zurückzudrängen, der vermutlich in meiner Augenfarbe zu sehen ist.

„*Jayden*", protestiert Colleen. Eine hübsche Röte steigt in ihre Wangen und betont ihre Augen, welche die gleiche Farbe wie die ihres Sohns haben.

„Es ist okay." Ich lege meine Hand in ihren Nacken und streichle mit dem Daumen über ihren Hals. Zu Jayden sage ich: „Ihr geht es gut. Ich habe ihr nicht wehgetan. Ich würde deiner Momma niemals wehtun."

„Entschuldige dich", weist Colleen Jayden an.

„Nein", mische ich mich ein, bevor ich zurückrudere. „Ich meine, ich versuche nicht, deine Erziehung zu untergraben, aber ich brauche keine Entschuldigung. Er beschützt seine Momma ... so sollte es sein."

Der Junge sieht unsicher aus, sieht dann allerdings etwas im Gesicht seiner Mutter, denn die Furcht verfliegt. „Momma, deine Zähne!", ruft er.

Colleen fährt mit der Zungenspitze über ihre obere Zahnreihe und lächelt. „Sie sind über Nacht nachgewachsen."

Mein Herz schlägt wild in meiner Brust und mein Verlangen, die Verbrechen zu rächen, die ihr angetan wurden, ringt mit meiner Befriedigung darüber, dass ihr Körper so schnell wieder zu seiner normalen Form zurückgefunden hat. Es war bloß ein Orgasmus von ihrem Gefährten nötig.

Warte nur, bis ich sie mit meinem Sperma fülle. Ich versuche, diesen versauten Gedanken aus meinem Verstand zu verdrängen.

„Zeig es mir", kreischt Angie und rennt die Treppe herab. Sie schlingt die Arme um die Taille ihrer Mutter und mustert Colleens hübsches Lächeln.

Ich drücke Colleens Nacken, bevor ich sie loslasse. „Ich werde noch eine kalte Dusche nehmen", raune ich.

Zu diesem Zeitpunkt bin ich mir nicht sicher, ob mich ein Eimer Eiswürfel abkühlen könnte. Ich überlasse es Colleen, die Welpen zu füttern, und gehe wieder nach oben zum Duschen. Dort angekommen, packe ich meinen Schwanz, schließe meine Augen und lehne meine Stirn an die kühlen Fliesen, während kaltes Wasser auf meinen

Rücken prasselt. Ich hole mir zu dem Bild von Colleens Beinen und ihrer prallen, süßen Pussy einen runter, doch etwas verwehrt mir den Höhepunkt. Was ein großes Problem ist. Ich kann mich auf keinen Fall in ihrer Nähe aufhalten, wenn ich nicht einen Teil dieser tobenden Lust rauslasse.

Ich stöhne, knalle meinen Kopf gegen die Fliesen und packe meinen Schwanz noch fester.

Ihr Duft füllt auf magische Weise die Dusche, als wäre er von meinen Fantasien heraufbeschworen worden, und mischt sich mit dem Dampf.

Mark, höre ich meinen Namen in ihrer Stimme. Der Laut macht mich wild.

Nein, warte. Meine Augen öffnen sich, ich lasse meinen Schwanz los und wirble herum.

Sie steht oberkörperfrei und in nichts als einem Höschen in meinem Badezimmer. Ich stoße die Duschtür auf, lasse das Wasser jedoch laufen, um die Geräusche zu dämpfen, die wir hoffentlich machen werden. Die Kinder besitzen das scharfe Gehör von Gestaltwandlern, doch ich höre sie unten spielen und die Duschgeräusche werden unsere Aktivitäten übertönen.

Ich trete tropfnass aus der Dusche. „Bist du für dein Spanking gekommen, Kleines?"

Ihre Nippel richten sich auf und ihre langen Haare fallen über eine Schulter. „Ja."

Ich liebe das neue Selbstbewusstsein, das sie zeigt. Es ist, als würde sie verstehen, wie viel Macht sie über mich hat und dass sie keine Angst haben muss.

Ich will es langsam angehen – ich *habe vor*, es langsam angehen zu lassen – aber ich bin wahnsinnig vor Lust. Ich krache gegen sie und nehme mir nicht einmal Zeit, mich abzutrocknen oder sanft zu sein. Stattdessen packe ich ihre

Hüften und drehe sie mit dem Gesicht zum Waschtisch. „Beug dich vornüber, Süße", befehle ich barsch.

Wie durch ein Wunder hat sie noch immer keine Angst. Sie stützt ihre Hände auf dem Waschtisch ab und streckt ihren niedlichen Hintern raus. Mit der Hand streichle ich über ihr Höschen. Es ist eines der praktischen Sorte – schlicht, aus Baumwolle, grau.

„Das solltest du besser anlassen, sonst machen wir zu viel Lärm", informiere ich sie, kurz bevor ich meine Hand hebe und auf eine Seite ihres Pos fallen lasse.

Sie macht einen zustimmenden Laut, *uhhnn*, und mehr brauche ich nicht, um fortzufahren. Ich versohle ihr den Hintern hart und schnell mit einer Hand, während sich die andere zur Vorderseite ihres Höschens senkt und über ihren Kitzler reibt.

„Mark!", keucht sie. Ihre kleine Perle schwillt unter meiner Fingerspitze an und die köstlichsten Säfte rinnen aus ihrer Pussy.

„Sag es noch einmal", befehle ich und schlage fester zu. „Wer ist dein Daddy?"

Sie drückt ihre Finger auf meine und wimmert verzweifelt. „Du bist das. Mark. Du bist mein Daddy."

Oh beim Schicksal, ich werde durchdrehen. Ich werde die Kontrolle verlieren und meine Zähne in ihr versenken. Doch sowie mein Blick zu ihrer Schulter gleitet und die Narben entdeckt, die ihr Arschloch-Ex hinterlassen hat, erlange ich die Kontrolle zurück.

Ihre Zähne sind nachgewachsen, diese Narben sind allerdings noch immer nicht verheilt, was bedeutet, dass sie tiefgehen. Ich werde ihren Arschloch-Alpha-Ex-Gefährten für das töten, was er Colleen und seinen Welpen angetan hat.

Und ich werde ihr Vertrauen nicht verraten. Jemals.

Ich kanalisiere mein Begehren und versohle ihren Hintern härter und fester, denn ich weiß, dass eine Wölfin ein wenig Schmerz zusammen mit ihrer Lust *liebt*. Außerdem erinnere ich mich daran, wie ihre Pussy geschmolzen ist, als ich ihr unten mit einem Spanking gedroht habe.

Mit zwei Fingern meiner anderen Hand sinke ich in sie, umfasse ihren Venushügel und drücke auf ihren geschwollenen Kitzler.

„Bitte", fleht sie und ich unterbreche das Spanking für den Fall, dass sie um Gnade bettelt. „Nein", sagt sie rasch. „Hör nicht auf. Ich brauche es ... bitte."

„Was brauchst du, Babygirl?" Ich stoße meine Finger tiefer in sie, während ich ihren Hintern drücke und knete.

Sie dreht sich, um über ihre Schulter zu blicken, und ihr Blick fällt auf meine Erektion.

„Willst du einen langen, feuchten Ritt auf meinem Schwanz, Babygirl?"

Sie leckt sich über die Lippen, was mich zum Stöhnen bringt. „Ja, bitte."

Ja, bitte. Diese Frau.

Ich reiße eine Schublade auf, hole eine Schachtel Kondome heraus und rolle mir eines über, während sich meine hübsche Wölfin aus ihrem Höschen windet. Beim Schicksal, ich hoffe, ich kann mich beherrschen.

Doch Colleen vertraut mir und das weckt den verzweifelten Wunsch in mir, ihres Vertrauens würdig zu sein. Ich weiß, dass es nicht leicht für sie sein kann. Ich ziehe meine verhüllte Schwanzspitze durch ihre Säfte. „Ist es das, was du brauchst, Süße? Daddys Schwanz?"

„Ja, bitte."

Ich drücke ihr Kreuz nach unten, damit ihr Hintern stärker nach oben geneigt ist, bevor ich mich in sie ramme und sie fülle. Ich muss innehalten, meine Augen schließen und das Verlangen zurückdrängen, sie zu markieren. Meine Zähne sind lang und ausgefahren. Das Serum, in dem mein Geruch eingebettet ist und das sie für immer als die Meine markieren würde, tropft aus ihnen.

„Bitte", fleht sie.

Fuck.

Ich schlinge meinen Arm um die Vorderseite ihrer Hüften, damit ich sie nicht gegen den harten Waschtisch drücke, ehe ich mich in sie hämmere, als hinge unser Leben davon ab. Vielleicht tut es das. Mit meiner freien Hand finde ich einen ihrer Nippel, drücke und zwicke ihn. „Baby", krächze ich. In ihr zu ein, stellt verrückte Dinge mit mir an.

Nichts hat sich jemals so richtig angefühlt. Das Verlangen, sie zu befriedigen, mich zu befriedigen, überwältigt mich.

„Ja!", schreit sie flüsternd mit geschlossenen Augen. Der Anblick ihres Gesichts im Spiegel, als sie kurz vor dem Orgasmus steht, bringt mich zum Gipfel.

Ich halte mein Brüllen zurück, während ich sie hart und schnell ficke, meine Hand zwischen ihre Beine schiebe und ihren Kitzler massiere. Ihr Mund öffnet sich zu einem stummen ‚O‘ und ihre Muskeln beginnen, meinen Schwanz zu drücken. Ich ramme mich hart in sie und verharre so, massiere ihren Kitzler und beobachte im Spiegel, wie wir beide in die Ekstase stürzen.

Ich werfe meinen Kopf zurück, er hebt sich jedoch wieder und die Zeit verschwimmt, als ich realisiere, dass ich kurz davorstehe, mein Weibchen zu markieren. Ich schaffe es, ihre Schulter mit meiner Hand zu verdecken, bevor ich zubeiße und meine Fangzähne in meinen Handrücken treibe.

„Oh!" Colleens Schreckensschrei bringt mich dazu, aus ihr zu gleiten und zurückzutreten.

Sie wirbelt herum und ihre Nasenflügel blähen sich beim Geruch meines Bluts. Ihre Augen weiten sich, als sie meine selbst zugefügte Wunde erblickt. „Mark."

„Es tut mir leid, Baby. Es ist so schnell passiert. Ich dachte, ich hätte es unter Kontrolle."

Sie packt meine Hand, untersucht sie und ihre Stirn legt sich in Falten. „Du hast ... *dich selbst* gebissen."

„Nun, ja. Ich wollte dich nicht beißen. Nicht ohne deine Erlaubnis."

Sie ist jetzt steif geworden. Anspannung zeichnet sich in ihren Schultern ab. „Du kannst mich nicht markieren. Weder jetzt, noch jemals."

* * *

Colleen

Mark lässt sich nach außen hin nichts anmerken, ich spüre seinen Schmerz jedoch wie einen scharfen Messerstich in den Magen. Ich erwarte, dass er geht. Oder versucht, mir wehzutun. Oder irgendeines der normalen Dinge tut, die Leute tun, wenn man sie zurückweist. Stattdessen hebt er mich an der Taille hoch und setzt mich auf den Waschtisch.

„Warum nicht, Babygirl?" Er sperrt mich zwischen seinen Armen ein und stützt seine Hände auf dem Quarz ab.

Ich versuche, trotz des Kloßes in meiner Kehle zu schlucken. „Ich will das nicht." Ich verfluche das Beben in meiner Stimme.

Er umfängt beide Seiten meines Gesichts und hält es so sachte, dass ich weinen möchte. Anschließend senkt er den

Kopf zu meinem und murmelt: „Du weißt, dass ich dein Gefährte bin."

Tränen schießen mir in die Augen. „Ich weiß gar nichts." Meine Lippen zittern und sind bloß Zentimeter von seinen entfernt.

„Du lügst." Es ist nicht mehr als ein Flüstern. Er versucht, mir Ehrlichkeit zu entlocken, doch ich kann nicht einfach nachgeben. Es ist nicht sicher. Weder für ihn noch für mich oder meine Welpen.

Ich wende das Gesicht ab, doch er dreht es sanft zurück.

Niemand hat mich jemals so zärtlich gehalten und mit solcher Ehrfurcht berührt. Der Sex war unglaublich, doch das hier? Das bringt mich um.

„Erlaube mir, mich um dich zu kümmern, Babygirl."

Babygirl. Vorhin, nachdem er mir den Hintern versohlt hatte, nannte er sich Daddy. Ich weiß nichts über diese Dynamik, aber sowohl mein Körper als auch mein Wesen reagieren, als hätte ich gerade mein Zuhause gefunden.

Tränen fließen aus meinen Augen. Ich weine, weil ich sein Angebot nicht annehmen kann, ganz egal, wie sehr ich es will. Das kann ich erst tun, wenn ich Dirk irgendwie losgeworden bin.

Er streicht meine Tränen mit den Daumen weg. „Bitte."

Ich senke den Kopf und greife auf das zu, was ich kenne – dem Alpha Unterwürfigkeit zu zeigen. „Darf ich jetzt duschen?"

Ich spüre sein Stirnrunzeln, bevor ich es erspähe. Er mustert mich kurz und seine Mundwinkel verziehen sich nach unten. Das ist der Moment, in dem ich mir sicher bin, dass er gehen wird, doch er tut es nicht. Er hebt mich vom Waschtisch und trägt mich in die Dusche, wo er mich sachte auf meine Füße stellt und anfängt, jeden Zentimeter meines Körpers einzuseifen.

Ich wimmere wegen dieser Liebenswürdigkeit. Der wundervollen Liebkosung. Weil ich meinen nackten Gefährten in einem kleinen Raum bei mir habe. Meine Beine zittern, als er seine Hände meine Innenschenkel hinaufgleiten lässt und sanft streichelt, als er deren Scheitelpunkt erreicht. Er küsst mich zwischen den Beinen, bringt mich allerdings nicht zum Orgasmus, wie er es gestern Nacht beim Pool getan hat. Stattdessen fährt er mit der langsamen Folter und Verehrung meines Körpers fort.

„Wir kennen einander nicht, Babygirl. Aber ich weiß, dass du die Meine bist. Und ich bin mir sicher, du weißt es ebenfalls. Lass mich rein, Süße.“

„Bitte“, heule ich. Denn er bringt mich um. Denn ich will unbedingt *Ja* sagen. Ich will die Seine sein, mich von ihm markieren, umsorgen, Babygirl nennen und mit Leidenschaft und Zärtlichkeit behandeln lassen.

Er steht auf und schlingt seine Arme um mich, lässt seine Finger in meine Pospalte gleiten und seift meine intimste Stelle ein. „Ich glaube dir nicht“, entgegnet er. Als ich seinen Blick suche, um zu verstehen, was er nicht glaubt, sagt er: „Ich glaube nicht, dass du willst, dass ich mich zurückhalte. Aber ich werde es tun, Babygirl. Denn du musst dich sicher fühlen. Du musst wissen, dass ich deine Wünsche respektieren werde.“ Beim Sprechen fährt er mit den Fingern über meinen Anus und seift mich zwischen meinen Pobacken ein.

Ich wimmere. Meine nackten Brüste pressen sich an seinen muskulösen Oberkörper. Ich lasse meine Lippen über die weichen Haare auf seiner Brust gleiten.

Er krümmt seine Finger tiefer und fährt zwischen meine Beine. „Ich führe Buch über deine Lügen, Kleines.“

Seine Finger streifen meine Öffnung. Ich presse mich näher an ihn in der Hoffnung, dass er mich noch einmal nimmt.

„Es wird eine Abrechnung geben."

Beim ihm klingt die Strafe eher wie eine köstliche Belohnung. Außerdem habe ich gerade erst gelernt, wie es sich anfühlt, von ihm den Hintern versohlt zu bekommen, und ich habe es geliebt.

Ich hebe das Gesicht und lasse Wasser darauf prasseln. „Was für eine Art von Abrechnung?" Ich erkenne meine eigene Stimme kaum, weil sie so heiser klingt.

Er bewegt seine Finger wieder zu meinem Poloch und lässt sie dort kreisen. „Die Sorte, die damit endet, dass dein umwerfender Hintern rot, heiß und mein Schwanz tief zwischen diesen Pobacken vergraben ist."

Ich komme beinahe an Ort und Stelle zum Orgasmus – nur von seiner angedrohten Strafe, die sich eher wie eine Belohnung anhört. Ich greife nach unten, um mich meiner eigenen Bedürfnisse anzunehmen, da er mich anscheinend nur necken will, doch er packt mein Handgelenk. „Oh nein. Nicht, wenn du ungezogen warst, kleine Wölfin. Keine Wonne mehr für dich, bis ich entscheide, dass du kommen darfst."

Ein Mini-Orgasmus fegt durch mich, ich erschaudere an ihm und mir stockt der Atem.

Mark gluckst düster. „Das landet auf deinem Konto, Babygirl. Ungehorsam."

Er lässt mich los und positioniert mich abseits des Wasserstrahls, um meine Haare zu shampoonieren. Ich schließe die Augen, da ich zu benommen von Lust und Verwirrung bin, um etwas anderes zu tun. Als er fertig ist, schaltet er das Wasser aus und wickelt mich in ein warmes, flauschiges Handtuch.

„Wir werden heute zu Target fahren, um Kleider und

30

andere notwendige Dinge für euch drei zu kaufen", informiert er mich.

Ich nicke, da ich mir nicht sicher bin, ob ich sprechen kann.

„Anschließend würde ich mit den Welpen gerne etwas Spaßiges unternehmen. Würde es ihnen in einem Vergnügungspark gefallen? Oder auf einem Minigolfplatz?"

Ich starre ihn an. Beide Optionen wirken auf mich befremdlich. So befremdlich, dass ich beinahe kichere. Dies ist keine Zeit für Vergnügungsparks. Ich muss meine Kinder vor ihrem psychopathischen Vater verstecken. Und dennoch fühlt sich die Vorstellung grausam an, meinen Kindern eine derartige Extravaganz zu verwehren. Unser Leben in Kentucky mit Dirk war schrecklich, es war allerdings auch kein Zuckerschlecken, wegzuziehen und ständig auf der Flucht zu sein. Meine Schwester gab mir genug Geld für die Flucht, aber weil Dirk ein Alpha ist, hatte ich Angst, andere Gestaltwandler um Hilfe zu bitten.

Cody, der Alpha in Colorado Springs, fand uns durch Zufall, gab mir Geld und bot uns seine Hilfe an, doch bis dahin hatten wir Probleme, etwas zum Essen zu finden.

Vielleicht könnten wir ein wenig Spaß haben. Nur dieses eine Mal. Ich weiß, dass wir nicht hier bei Mark bleiben können – zumindest nicht dauerhaft. Das hier ist nur eine vorübergehende Unterkunft, solange ich abwarte, ob Dirk weiß, wo ich bin, und ob er uns holen kommt. Möglicherweise müssen wir wieder fliehen. Vielleicht bald.

„Das wäre schön", antworte ich.

Er senkt den Kopf und streicht mit seinen Lippen über meine. Er neckt mich erneut, denn es ist kein echter Kuss. Er steckt das Handtuch um mich herum fest, dreht mich um und schlägt mir auf den Po, um mich aus der Tür seines Badezimmers zu schicken.

Ich lächle ihm über die Schulter zu, während ich zurück zum Gästebadezimmer gehe, wo ich die Kleider von gestern abgelegt habe. Ich ziehe sie an und öffne die Tür zum Gästezimmer.

Jayden und Angie spielen das Kartenspiel *Kings Corners* auf dem Bett. „Geh duschen", trage ich Jayden auf. „Mark wird mit uns einkaufen gehen und dann unternehmen wir etwas."

„Was?", will Angie wissen, als Jayden vom Bett krabbelt.

„Es ist eine Überraschung. Er wird es euch verraten", antworte ich. „Es wird euch gefallen."

„Was ist es? Was ist es?" Angie beginnt, auf dem Bett auf und ab zu hüpfen, während ich meine Kleider anziehe.

„Nicht!", mahne ich automatisch, der vertraute Adrenalinrausch durchfährt mich und meine Nerven spannen sich aus Angst um Angie an. „Spring nicht auf dem Bett, Engel."

„Sie kann springen." Mark lehnt im Türrahmen. Er trägt ein schwarzes T-Shirt, das sich an seine Muskeln schmiegt, und eine verblasste Jeans. Er sieht sündhaft gut aus, doch sein nachsichtiges Lächeln, mit dem er Angie beobachtet, bringt meine Augen wieder zum Brennen.

Es ist jedoch zu spät. Angie hat die Furcht in meiner Stimme gehört und das Bett verlassen, um sich an meine Seite zu schmiegen. „Was ist die Überraschung?", flüstert sie mir zu.

Mark zwinkert. „Ich werde warten, bis dein Bruder aus der Dusche kommt, und dann könnt ihr zwei abstimmen."

„Wir sind nur zu zweit", stellt Angie fest. Sie wird mit Mark viel schneller warm, als ich erwartet hätte. „Wer entscheidet bei einem Unentschieden?"

„Eure Mom", antwortet Mark sofort, stößt sich vom Türrahmen ab und schlendert die Treppe hinab.

Mein Verlangen, ihm zu folgen und in der Nähe der warmen Energie zu bleiben, die er ausstrahlt, veranlasst mich dazu, auf meinen Fußballen zu wippen. Doch ich muss meine Schwester anrufen, um in Erfahrung zu bringen, ob sie im Rudel meines Dads etwas über uns gehört hat.

Ich gehe mit meinem Wegwerf-Handy in Marks Garten, um Meagan anzurufen. Er beobachtet mich durch das Fenster, als hätte er Angst, mich aus den Augen zu lassen. Es fühlt sich allerdings nicht kontrollierend an, nur beschützend.

Ich nehme Angie mit mir nach draußen und sie beginnt, heruntergefallene Herbstblätter aufzuheben, sie zu untersuchen und ihre Farben zu vergleichen.

„Hallo?" Es ist eine neue Nummer, weshalb meine Schwester sie nicht kennt.

„Kannst du sprechen?"

„Warte kurz." Ich höre das Knallen einer Tür und die Schritte meiner Schwester, unter deren Füßen Laub raschelt. Ich stelle mir vor, wie sie aus der Hintertür der kleinen Hütte geht, die sie sich mit ihrem Gefährten und zwei kleinen Welpen teilt. „Okay, ich kann reden. Wie läuft's?"

„Hast du irgendetwas gehört? Über mich, meine ich?"

Meagan gehört immer noch zum Rudel meines Vaters, dem zweitgrößten Rudel in Kentucky. Sie ist zu Hause geblieben und hat ihren Highschool-Freund zum Gefährten genommen, nachdem sie schwanger geworden war. Sie sind keine vom Schicksal vorherbestimmten Gefährten, lieben einander jedoch und sind ein gutes Paar.

Das größte Rudel in Kentucky gehört Dirk, weshalb mein Vater mich ihm als Gefährtin angeboten hat als eine Art mittelalterlich Vereinigung der Königreiche. Die Beziehung war von Anfang an schrecklich, aber ich konnte es meinem Vater nicht erzählen, weil Dirk drohte, meinen Vater zu töten und sein Rudel zu übernehmen, sollte er ihn jemals herausfordern.

„Nein, ist alles okay?"

Ich seufze erleichtert auf. „Gut. Ja. Nun, nein. Jayden wurde von einem Auto angefahren und ins Krankenhaus gebracht. Ihm geht es natürlich gut, aber ich hatte Angst, dass Dirk irgendwie davon erfahren würde, falls er eine Vermisstenanzeige aufgegeben hat."

Meagan schnaubt. „Das würde er nicht tun. Er hat Dad erzählt, dass es zwischen euch beiden ein Missverständnis gegeben hätte und du auf stur geschaltet hättest, jedoch bald nach Hause kommen würdest." Meagan zögert kurz, bevor sie hinzufügt: „Ich weiß, dass du es nicht wolltest, aber ich habe Dad endlich reinen Wein eingeschenkt. Ich habe ihm erzählt, was dir Dirk angetan hat und dass ihr drei um euer Leben lauft. Dad ist außer sich. Er hat Dirk noch nicht herausgefordert, weil er Beweise braucht, die er dem Rudel zeigen kann, sollte es einen Krieg geben."

Ich fluche leise. „Ich will nicht, dass es wegen mir einen Rudelkrieg gibt, Meagan. Dads Rudel wird nicht gewinnen. Dirk würde Dad töten, nur um mich zu verletzen."

Meagan schweigt. „Ich weiß. Dad hat allerdings das Recht, Bescheid zu wissen. Und jetzt, da du aus diesem Haus raus bist, habe ich das Gefühl, dass es an der Zeit ist, dieses schreckliche Geheimnis nicht mehr zu wahren."

Tränen treten mir in die Augen. „Lass nicht zu, dass er Dirk herausfordert", flehe ich. „Versprich es mir."

„Ich werde tun, was ich kann. Was ist mit den Menschen im Krankenhaus? Hat jemand Jaydens Heilung bemerkt?"

„Nein. Ich habe den Alpha in Colorado Springs kontaktiert. Er ist daraufhin einfach gekommen und hat uns rausgeholt, bevor Jayden untersucht wurde."

„Das war knapp. Also unterstehst du seinem Schutz?"

„Nicht direkt." Ich blicke zum Haus und alles in mir wird warm, als ich an Mark denke. „Ich bin in Denver ... bei meinem Gefährten."

Meagan keucht. „Oh mein Gott. Meinst du das ernst?" Ihre Aufregung vibriert praktisch durch das Handy.

„Ja, aber Meagan, was soll ich tun? Dirk wird uns beide töten, wenn ich meinem Gefährten erlaube, mich zu markieren."

Meagan schweigt kurz, ehe sie leidenschaftlich verkündet: „Zum Teufel mit Dirk. Warum hast du ihn verlassen, wenn du nicht leben wirst? Wirst du dich den Rest deines Lebens verstecken?"

„Ich versuche nur, meine Welpen zu beschützen und am Leben zu halten!", heule ich und wütende Tränen quellen aus meinen Augenwinkeln.

„Fuck. Ich weiß. Es tut mir leid. Es tut mir so leid", tröstet mich Meagan, obwohl ich die ältere Schwester bin. Sie ist der Grund, aus dem ich fliehen konnte. Sie hat mir genug Bargeld gebracht, um Busfahrkarten nach Colorado zu kaufen und die erste Monatsmiete für ein Apartment zu bezahlen. Wir hatten keine Zeit, das Ganze zu planen – es war eine überstürzte Entscheidung, nachdem Dirk mir und Jayden gegenüber gewalttätig geworden war.

„Ich muss Schluss machen. Gib mir Bescheid, wenn du irgendetwas hörst."

„Ist das dein neues Handy?"

„Ja."

„Wie heißt er? Dein Gefährte, meine ich."

„Mark. Mark Ruhl. Er ist ein DEA-Agent und ein

Enforcer des Gestaltwandlerrats. Er ist älter. In seinen Vierzigern."

„Ein Silberrückenwolf."

Ich kann nicht verhindern, dass sich meine Lippen bei dem Gedanken an ihn nach oben biegen und sich meine Furcht augenblicklich legt. „Nicht allzu viel Silber, aber ja. Superheißer Silberrückenwolf. Und er wird gerne *Daddy* genannt."

„Oh mein Gott. Das ist so heiß."

„Superheiß." Ich lache. Es ist das erste Mal, dass ich Meagan etwas Sexuelles oder Spaßiges erzählen kann. Ich hatte gerade erst meinen Highschool-Abschluss gemacht, als mich Dad weggab, und ich konnte die Freude von Meagans Abenteuern nicht teilen, als sie anfing, mit ihrem Gefährten zu schlafen, weil mein Leben zu diesem Zeitpunkt bereits zu traumatisch war.

„Lass dich von ihm markieren, Co-co. Du kannst das Leben nicht für immer aufschieben. An irgendeinem Punkt musst du dein Leben in deine Hände nehmen."

Ich antworte nicht, denn meine Schwester kann nicht einmal anfangen, die mentale Sklaverei zu verstehen, unter der ich so lange gelitten habe, und ich werde mich nicht verteidigen.

„Hab dich lieb", erwidere ich einfach nur.

„Ich hab dich auch lieb. Schick mir ein Bild von Mark. Ich verspreche, dass ich es löschen werde, sobald es angekommen ist."

Ich lache leise, denn das ist das Beste, was ich meiner Schwester jemals schicken konnte. „Mache ich. Tschüss."

Kapitel Drei

M^{*ark*} Wir vier stehen in der Schlange des Dragon Wings, eines der Fahrgeschäfte des Elitch Gardens, Denvers Vergnügungsparks. Die Welpen sind high von ihrem Eis aus der Waffel und den fünf Fahrgeschäften, die wir bereits getestet haben.

Colleens Gesichtszüge werden jedes Mal weich und wunderschön, wenn sie die beiden ansieht.

„Du siehst jünger aus, Momma", stellt Angie fest und sieht zu ihr auf. Sie ist wahnsinnig niedlich, hat einen hohen blonden Pferdeschwanz und die gleichen großen blau-grünen Augen wie ihre Mom und ihr Bruder. Ich verspüre bereits einen leidenschaftlichen Beschützerinstinkt für die Welpen und meine unbeanspruchte Gefährtin.

Ich lege eine Hand leicht auf ihre Hüfte. Sie sieht jünger aus. Jede Stunde scheint die Auswirkungen der Zeit auf ihr Erscheinungsbild zurückzudrängen. „Wie alt bist du, Babygirl?"

„Achtundzwanzig."

Ich schaue den Jungen an. „Wie alt bist du, Jayden?"

„Neuneinhalb."

Das Rasseln der Fahrbahn hindert die Menschen ringsum daran, das Knurren in meiner Kehle zu hören. Die Wölfe hören es jedoch und alle drei starren mich an.

„Ich war achtzehn Jahre alt, als mein Vater meine Paarung arrangierte", erklärt Colleen, die den Grund für meinen Zorn errät. „Gerade volljährig."

„War das ... normal in deinem Rudel?", frage ich mit knirschenden Zähnen. Ich will ihren Vater und den Alpha umbringen, der sie beansprucht hat.

Sie schüttelt den Kof. „Ich weiß es nicht. Es war schrecklich für mich. Ich musste das College vergessen und alle verlassen, die ich kannte, um mit einem Tyrannen zusammenzuleben."

Die Kinder hören mit großen Augen zu, als hätten sie diese Geschichte noch nie gehört.

„Du meinst Dad?", fragt Jayden leise.

Sie nickt. „Er war gerade der Alpha seines Rudels geworden, nachdem sein Vater getötet worden war. Er machte sich Sorgen, dass seine Stellung infrage gestellt werden würde, weil er für einen Rudelanführer sehr jung war. Er ging zu Opa und sie trafen einen Deal."

„Wir gehen nicht dorthin zurück, stimmt's, Momma?", fragt Angie.

„Niemals", verspricht sie und ein kleiner Teil von mir entspannt sich. Wenigstens in dieser Hinsicht sind wir einer Meinung.

„Ihr werdet jetzt bei mir wohnen", verkünde ich bestimmt, obwohl Colleen das noch nicht akzeptiert hat.

Jayden schweigt, beobachtet mich allerdings mit argwöhnischem Blick.

„Tun wir das, Momma?", fragt Angie.

Colleen wendet den Blick ab und ihre Lippen pressen sich aufeinander. „Wir werden sehen", murmelt sie.

„Können wir die Fahrräder behalten?", will Angie wissen.

Ich habe den Kindern heute Morgen Fahrräder bei Target gekauft. Ich habe alles, was einer von ihnen angeschaut und in die Hand genommen hat, in den Einkaufswagen gelegt. Colleen hat ungefähr die Hälfte der Dinge wieder aus dem Wagen genommen, doch als ich die zwei Fahrräder geholt habe, hat sie es nicht gewagt, sich über mich hinwegzusetzen, da ihre Kinder so aufgeregt ausgesehen haben.

Sie stand einfach nur mit tränenerfüllten Augen da und kaute auf ihrer Lippe.

„Die Fahrräder gehören euch", erkläre ich. „Egal, was geschieht. Aber ich möchte, dass ihr bleibt." Jetzt haben wir den Anfang der Schlange erreicht. Ich begleite die Welpen nach vorne, bevor ich Colleen zurückhalte. „Wir werden dort auf euch warten, wo die Bahn endet", informiere ich Jayden. „Pass auf deine Schwester auf."

Er nickt, als sei die Verantwortung eine Ehre für ihn. Er ist ein fantastisches Kind.

Ich lege meinen Arm um Colleen und führe sie zu der Stelle, wo die Kinder ankommen werden. „Für jede Lüge schuldest du mir eine Wahrheit", teile ich ihr mit.

„Ich habe nicht gelo..."

Ich unterbreche sie mit einem Finger auf ihren Lippen. „Mach das nicht noch einmal. Denk daran, dass ich Buch führe."

Ihre Lippen heben sich an den Winkeln, ihr Lächeln ist jedoch traurig. Ich würde die Welt auseinandernehmen, um herauszufinden, wie ich es zum Strahlen bringen kann.

Sie dreht sich zu mir um und legt ihre Hände auf meine

Brust. „Eine Wahrheit", murmelt sie. „Okay. Hier ist eine Wahrheit. Vor letzter Nacht bin ich noch nie mit einem Männchen zum Orgasmus gekommen. Du warst mein Erster."

Aw, fuck. Ich sollte nicht so gottverdammt stolz sein – es ist über zwanzig Jahre her, seit ich lernte, wie man ein Weibchen zum Kommen bringt – doch ich bin stolz.

Ich schlinge meine Arme um sie und halte sie an meinen Körper. Ihr Zimtduft macht mich beinahe wild. „Das ist eine gute Wahrheit, Babygirl." Aber da ich ein gieriger Mistkerl bin, verlange ich mehr. „Gib mir noch eine. Erzähl mir etwas, Engel. Bist du dir meiner nicht sicher oder weißt du nicht, was du willst?"

Schmerz huscht über ihr Gesicht und das Verlangen, Rache für jedes Leid zu nehmen, das ihr jemals zugefügt wurde, sorgt dafür, dass meine Eckzähne ausfahren. „Ich weiß nicht, was ich will", krächzt sie mit belegter Stimme, es riecht jedoch wie eine Lüge.

Ich verenge die Augen zu Schlitzen und denke angestrengt nach. Sie scheint keine Angst vor mir zu haben, weshalb es etwas anderes sein muss. Ich muss mich ihr auf andere Art beweisen.

Wenn ich sie doch nur dazu bringen könnte, sich zu öffnen und mir zu erzählen, was in ihrem umwerfenden Kopf vor sich geht.

„Noch eine", verlange ich.

Verletzlichkeit blitzt in ihren Augen auf, als würde ich viel zu viel von ihr verlangen. „Was willst du wissen?"

„Wenn deine Zukunft nicht im Alter von achtzehn Jahren verkauft worden wäre, was hättest du damit angefangen?"

Ihre Lippen zittern und sie saugt sie in ihren Mund, um es zu verbergen. „Ich weiß es nicht. Ich hatte vor, aufs

College zu gehen, wusste allerdings noch nicht, was ich studieren wollte. Ich wollte aus unserer Kleinstadt raus und vielleicht in der Menschenwelt leben. Mir einen anständigen Lebensunterhalt verdienen."

„Was hat dir auf der Schule Spaß gemacht?"

Sie zuckt mit den Achseln. „Ich war gut in Mathe und Naturwissenschaften. Ich zeichnete gern. Ich dachte, dass ich vielleicht Architektur oder Ingenieurwesen studieren könnte. Aber dieser Zug ist abgefahren."

Das Tor öffnet sich und Leute strömen von der Achterbahn zu uns. Sie löst sich von mir und öffnet ihre Arme für Angie, die zu ihr rennt.

„Richtig. Die Fahrt ist vorbei. Okay. Was ist als Nächstes dran, Kinder?", frage ich und überlasse ihnen die Führung.

Ich hätte nie gedacht, dass ich Welpen oder eine Gefährtin haben würde. Im Alter von vierzig Jahren hatte ich längst jegliche Hoffnung auf eine Familie aufgegeben, doch ich habe meine Gefährtin gefunden und sie kommt in einem Paket mit zwei kostbaren Welpen. Ich hatte gedacht, dass der Gesetzesvollzug meine Berufung wäre, aber das änderte sich gestern.

Jetzt bin ich mir meines Lebenszwecks sicher. Es sind diese drei Gestaltwandler. Ich muss sie bloß dazu bringen, dass sie sich von mir umsorgen lassen.

Beim nächsten Fahrgeschäft entschuldige ich mich, um einen Anruf zu tätigen.

„Jenson, hier spricht Mark Ruhl." Jenson sitzt im Gestaltwandlerrat. Er ist ein alter Bärengestaltwandler aus Wyoming und das Ratsmitglied, dem ich unterstellt bin.

„Was gibt's?"

„Es gibt eine Wölfin und zwei Welpen, die meinem Schutz unterstehen. Sie sind vor einem gewalttätigen

Männchen geflohen ... dem Alpha eines Rudels außerhalb von Lexington in Kentucky."

„Der Rat mischt sich nicht in Ehestreite ein."

„Ich bitte den Rat nicht, sich einzumischen. Ich teile dem Rat bloß mit, dass ich nicht zögern werde, diesen Alpha zu töten, wenn er noch einmal in ihre Nähe kommt."

Jenson schweigt lange, dann atmet er aus. „Ist notiert."

„Das ist alles", erkläre ich und beende das Telefonat.

Ordentliche Gerichtsverfahren existieren in der Gestaltwandlerwelt nicht. Probleme werden im Allgemeinen durch körperliche Aggression gelöst. Doch vor siebzig Jahren, als die Menschenpopulation begann, zu wachsen, sich auszubreiten und in Gestaltwandlerreviere einzudringen, wurde der Rat gegründet. Es geht weniger darum, über unsere Leute zu herrschen, als darum, Gestaltwandler aus Schwierigkeiten mit den Menschen rauszuhalten. Ich bin der Kerl, der Gestaltwandler ausschaltet, die wild werden oder Menschen töten oder ausnutzen. Ich schulde dem Rat zwar keine Erklärung dafür, dass ich meine Gefährtin verteidige, es könnte mir jedoch helfen, dass ich ihn informiert habe, sollten die Dinge schiefgehen.

Dennoch hoffe ich, dass es nicht dazu kommen wird. Ich will nicht, dass Jayden und Angie mit dem Männchen leben müssen, das ihren Vater getötet hat. Das gefällt mir nicht.

Genauso wenig gefällt es mir, dass Colleen und die Welpen in ständiger Angst vor diesem Mann leben. Je eher diese Sache gelöst wird, desto besser.

* * *

Colleen

Die Welpen sind erschöpft, als ich sie schließlich ins

Bett bringe. Der Vergnügungspark und Steaks zum Abendessen im Outback haben sie erledigt.

Mark fing mich ab, bevor ich ihnen die Treppe zum Gästezimmer hinauffolgen konnte. Er vergrub seine Hand in meinen Haaren und zog meinen Kopf nach hinten. „Ich brauche dich heute Nacht in meinem Bett, Babygirl ... denk nicht einmal daran, mir das zu verwehren", knurrte er und verwandelte mein Inneres in geschmolzene Lava. Dann glitt er mit der Zunge über meinen Puls. „Wenn die Welpen schlafen, kommst du in mein Zimmer. Verstanden?" Er glitt mit den Fingern zwischen meine Beine und drückte den Saum meiner Jeans gegen meinen Kitzler.

„J-ja", antwortete ich.

Jetzt, als ich die Tür seines Schlafzimmers aufdrücke, ohne vorher anzuklopfen, hämmert mein Herz gegen meinen Brustkorb.

Marks Befehl klang lüstern, nicht wütend. Seine Art von Dominanz macht mir nie Angst. Beleidigt mich nie. Sie lässt nur meine Nippel hart und mein Höschen feucht werden.

Daher betrete ich sein Schlafzimmer in der Nacht, obwohl es eine schlechte Idee ist angesichts dessen, dass ich jedes Mal, wenn ich mich in seine Nähe begebe, Gefahr laufe, markiert zu werden.

„Zieh deine Kleider aus", spricht Mark beim Türrahmen zum Badezimmer. Er hat erneut geduscht. Entweder hat er eine Zwangsstörung in Bezug auf Reinlichkeit oder er nutzt die kalten Duschen tatsächlich, um seine Lust zu zügeln. Ich ziehe es vor, an Letzteres zu glauben, obgleich ich nichts dagegen habe, dass er sauber ist. Der Seifenduft mischt sich mit seinem köstlichen männlichen Aroma.

Ich knöpfe die neue Skinny Jeans auf, die er mir gekauft

hat, und schlüpfe aus ihr. Ich trage ein rotes Satinhöschen und einen passenden BH – ebenfalls sein Einkauf – und als er mich in dem Set sieht, werden seine Augen silberfarben.

„Welche Farbe hat dein Wolf?", frage ich.

„Schwarz. Deiner?"

„Hellbraun."

Er kommt näher. „Ich habe deine Wolfaugen noch nicht gesehen."

Nein. Ich weiß noch immer nicht, ob ich mich verwandeln kann. Ich habe mich seit Jahren nicht verwandelt. Noch ein Nebenprodukt meiner Paarung mit Dirk. Es ist der Grund dafür, dass meine Heilfähigkeiten verschwunden sind. Doch vielleicht ... hat mich mein wahrer vom Schicksal bestimmter Gefährte bereits geheilt.

Ich stehe in meinem neuen BH und Höschen da und meine Knie zittern für ihn.

Er schüttelt den Kopf, wirbelt mich zum Bett herum und drückt meinen Oberkörper nach unten. „Ich habe nicht gesagt, dass du das Höschen heute Nacht anlassen kannst." Seine Hand landet scharf und strafend auf meinem Po.

Ein leiser Protestlaut verlässt meine Lippen, aber Mark hat vergessen, vorsichtig mit mir umzugehen. Sein Wolf wird wild und hat das Sagen. Seine Dominanz löst jedoch keinen einzigen Funken der Furcht in mir aus. Es fühlt sich natürlich an. Sein Wolf kommt an die Oberfläche, weil er mich so dringend will, nicht, weil er mich verletzen will. Ich weiß irgendwie, dass er sich sofort zurückziehen würde, sollte ich protestieren.

Er schlägt mich erneut auf die andere Pobacke, dieses Mal noch fester. „Habe ich das gesagt, Babygirl?"

„Nein, Daddy." Der Spitzname rollt einfach so von meiner Zunge, fühlt sich allerdings richtig an. Ich nenne Mark gerne *Daddy*. Mir gefällt die Vorstellung, dass Mark

mein Daddy ist. Beschützend. Fürsorglich. Versaut und
fordernd, wenn es um Sex geht. Beim Schicksal, es sind erst
vierundzwanzig Stunden vergangen, aber dieses Männchen
hat bereits einen Weg in mein sehr gut geschütztes Herz
gefunden. Und das liegt nicht nur an den Pheromonen.

Mark knurrt zustimmend und reißt mein Höschen
meine Beine hinab. „Aw, verdammt, Babygirl. Du wirst so
hart gefickt werden, dass du nicht richtig laufen kannst." Er
übersät meinen Hintern mit harten Hieben und jeder
entzündet einen weiteren Funken der Lust in mir, bis die
Flammen drohen, mich zu verschlingen. Meine Sicht
schärft sich und wird kuppelförmig und ich weiß, dass
meine Augen ebenfalls ihre Farbe geändert haben.

Meine Wölfin ist zurück.

Sie will beansprucht werden.

„Höschen *runter*", würgt Mark hervor, dessen Stimme
vor Frust und Lust belegt ist.

Ich beeile mich, mein Höschen von meinen Schenkeln
zu meinen Knöcheln zu schieben, und sobald das erledigt
ist, tritt er meine Füße weiter auseinander.

Ich verkneife mir ein Kreischen, als er meine Pussy
schlägt und die Feuchtigkeit einen klebrigen Laut erzeugt.

„Wenn ich dir sage, dass du deine Kleider ausziehen
sollst, brauche ich dich nackt, Baby. Wie soll ich sonst diese
Pussy lecken, bis du schreist?" Er hakt seine Daumen in
meine Pospalte und spreizt mich weit, woraufhin ich den
Rücken durchbiege und meine Mitte entblöße.

Dann berührt mich sein Mund und sein ordentlich
gestutzter Bart kratzt über meine empfindliche Haut, als
seine Zunge zwischen meine Beine gleitet. Er knetet und
drückt meinen Hintern grob, während er mit seiner Zunge
über meinen Kitzler leckt, an meinen Schamlippen saugt
und an mir knabbert. Ab und zu verpasst er meinem

Hintern oder Schenkel einen brennenden Schlag, sodass sich Schmerz mit Lust vermischt. Gefahr mit Aufregung.

Die Gefahr besteht allerdings nicht darin, dass er mir schaden wird, sondern darin, dass er mich beanspruchen wird.

Es ist jedoch zu spät, um das Ganze aufzuhalten oder auch nur zu verlangsamen. Ich bin jetzt ebenfalls halb verrückt vor Verlangen nach ihm, stöhne und sehne mich nach ihm. Ich bin bereit, um das zu betteln, was er mir heute Morgen verwehren wollte.

„*Colleen.*" Mark klingt verzweifelt. Sein Wolf wird womöglich verrückt werden, wenn ich ihm weiterhin versage, wonach er sich sehnt. Ich glaube, er wird mich um Erlaubnis bitten, mich mit seinen Zähnen zu markieren, aber stattdessen sagt er: „Ich muss dieses Mal in dir kommen. Erlaubst du mir das?"

Zuerst versteht mein von Lust benebeltes Gehirn die Frage nicht einmal, doch dann dämmert es mir – gestern Nacht trug er ein Kondom.

„Ja", antworte ich. Zum Teufel mit den Konsequenzen. Ich muss alles von ihm spüren, ohne eine Barriere zwischen uns.

Ich höre das leise Rascheln von Stoff und dann rammt er sich in mich. Ich bocke gegen ihn und liebe die Empfindung, gefüllt zu werden. Nichts hat sich jemals so richtig in meinem Leben angefühlt, doch dann zieht er sich wieder zurück.

„Ich muss dein Gesicht sehen, Babygirl." Er dreht mich um und stützt meinen Po auf der Bettkante ab, bevor er sich wieder in mich rammt. Ich lehne mich auf meine Ellenbogen und beobachte die Stelle, an der sich unsere Körper verbinden. Seine Härte. Wie sich meine Schamlippen teilen und dehnen, um ihn aufzunehmen. Der Geruch meiner Erregung.

Marks silberfarbener Blick gleitet meinen Körper empor und er runzelt die Stirn. *„Warum hast du diesen BH an?"*

Ich kann nicht anders. Ich kichere. Denn Marks vorgetäuschte Wut über meinen Bekleidungszustand gibt mir das Gefühl, begehrt zu werden und umwerfend zu sein. „Ich dachte, dir gefällt dieser BH." Ich ziehe die Körbchen meines BHs nach unten, um ihm meine aufgerichteten Nippel zu zeigen. „Deine Augen wurden silberfarben, als ich ihn aussuchte."

„Zieh ihn aus oder ich reiße ihn dir vom Körper", droht er. „Er gefällt mir zu gut."

Ich öffne den BH-Verschluss, ziehe meine Arme aus den Trägern und werfe ihn beiseite. „Ja, Daddy."

Sein Griff um meinen Oberschenkel wird brutal, aber ich habe keine Angst. Ich spüre die Leidenschaft dahinter, keine Wut oder Gewalt. Er rammt sich hart und schnell in mich. „Spiel mit ihnen", knurrt er. Ich brauche eine Sekunde, bis ich verstehe, was er will. Doch dann stöhne ich, gehorche, wiege meine Brüste, drücke sie und zwicke meine Nippel.

„Ich werde in dir kommen. Ich muss dich auf eine Art markieren und du wirst das akzeptieren."

Ich bin begeistert von seiner Forderung, denn sein Respekt für meine Wünsche ist noch immer so deutlich vorhanden. Er wird mich nicht markieren, obwohl es ihn umbringt. Ich vermute auch, dass er mich warnt für den Fall, dass ich etwas dagegen habe.

Und das sollte ich haben. Allerdings will kein Teil von mir protestieren. Das Schicksal hat mir diesen Gefährten geschickt und ich bin gewillt, die Würfel zu werfen und zu schauen, ob mir das Schicksal einen Welpen mit ihm schenken möchte. Das Muttersein ist das Einzige, was ich an den letzten zehn Jahren geliebt habe.

Ich greife nach unten und mache mit den Fingern ein V um die Stelle, wo sein Schwanz in mich dringt, weil ich ihn mit meinem ganzen Körper spüren will.

Er brüllt und seine Bewegungen werden ruckartig. „Fuck, kleine Wölfin. Du treibst mich in den Wahnsinn." Er reibt mit dem Daumen über meinen Kitzler, woraufhin ich zum Orgasmus komme und sich meine Muskeln um seinen Schwanz herum verkrampfen. Er kommt zur selben Zeit und ich schwöre beim Schicksal, dass ich jeden heißen Tropfen Sperma spüre, der in mich schießt. Es versengt mich, knistert, knallt und verändert mich. Mich durchflutet so viel Hitze, dass mein Sichtfeld schwarz wird und Feuerwerke an den Rändern explodieren. Und dann Wonne. Ozeane aus Wonne schwappen über mich, reinigen mich, säubern mich und lassen nur die Reinheit meiner und seiner Essenz zurück. Vom Schicksal vorherbestimmte Gefährten.

Etwas veranlasst mich dazu, meine Schulter zu berühren, die Stelle, wo die Haut aufgrund von Narbengewebe knotig war wegen der wiederholten trockenen Bisse. Nur eine wahre vom Schicksal vorherbestimmte Gefährtin kann bei einem Wolf die Produktion des Serums anregen, das seinen Geruch im Fleisch seines Weibchens einbettet. Dirk war nicht mein vom Schicksal bestimmter Gefährte, das hinderte ihn allerdings nicht daran, meine Schulter jedes Mal zu zerbeißen, wenn er sich mir aufzwang. Nach einigen Jahren hörte ich einfach auf, zu heilen. Doch jetzt ist meine Schulter so glatt wie ein Babypopo. Weich, geschmeidig und wiedergeboren.

Mark keucht, seine Augen sind noch immer silberfarben und seine Fangzähne ausgefahren. „Wenn ich dich markiere, Babygirl, werde ich es nicht an dieser Stelle tun."

Ich blinzle ihn an. „Nein?"

„Nein." Er schüttelt den Kopf. „Ich werde diesen niedlichen kleinen Hintern markieren." Er lässt seine Finger unter meinen Po gleiten und drückt beide Backen mit seinen großen Händen.

„Oh." Da beginne ich, zu lachen. Beinahe hysterisch. Das ist Erleichterung und Freude und Nervosität geschuldet, die sich miteinander vermischt haben. „Du bist ein Hintern-Mann", stelle ich fest.

Das Braun von Marks Augen kehrt zurück und er grinst mich an. „Das könnte man so sagen." Er zieht sich aus mir zurück. „Ich will dich heute Nacht in meinem Bett haben", verkündet er und errät irgendwie, dass ich vorhabe, wieder zum Gästezimmer zurückzukehren. „Ich werde dich nicht markieren. Du kannst mir vertrauen. Aber ich brauche dich hier."

Ich denke an meine Welpen. Sie schlafen tief und fest, weil sie von dem spaßigen Tag erschöpft sind. Sie brauchen mich nicht.

Und der Gedanke, neben Mark zu schlafen, bringt meine Wölfin …

Ich verwandle mich spontan, als ich an sie denke.

Es ist das erste Mal seit Jahren und meine Wölfin ist so glücklich, dass sie sich auf dem Bett im Kreis dreht, bevor sie sich auf die Seite fallen lässt und ihren Bauch darbietet.

„Hey Schönheit", summt Mark, streichelt mein Gesicht und meinen Bauch und krault meine Ohren. „Du bist so umwerfend. Ich kann es nicht erwarten, mit dir laufen und jagen zu gehen."

Ich zwinge mich, wieder meine menschliche Gestalt anzunehmen, und es geschieht mit Leichtigkeit. Als hätte ich meine Wölfin und die Fähigkeit, mich nach meinen Wünschen zu verwandeln, nie verloren. Die Fähigkeit zu heilen und diejenige zu sein, die ich wirklich bin.

„Oh beim Schicksal." Ich setze mich auf und verdecke mein Gesicht mit den Händen, während Freudentränen über meine Wangen laufen.

Marks Lächeln verblasst, er krabbelt zu mir aufs Bett und löst meine Hände von meinem Gesicht. „Fuck, Baby. Hattest du deine Wölfin verloren? Konntest du deswegen nicht heilen?"

Ich nicke, während ich weiterhin weine. „Es ist vier Jahre her."

Er küsst die Tränen weg und zieht mich in seine Arme. „Nie wieder, Engel. Du wirst sie nie wieder verlieren. Sie war immer bei dir."

„Du hast sie wieder hervorgeholt", sage ich.

„*Wir* haben das getan", korrigiert er. „Ich kann nicht fassen, dass ich dich gefunden habe. Ich schätze mich so glücklich."

Ich will mich ebenfalls glücklich schätzen, aber es liegt immer noch ein Schatten auf mir. Auf uns. Und das ist der Teil, den ich hasse. Mark ist mir viel zu wichtig, als dass ich ihm erlauben würde, sein Leben für uns aufs Spiel zu setzen.

Kapitel Vier

Mark

Ich habe meiner süßen Gefährtin zwar versprochen, sie nicht zu markieren, das hinderte mich allerdings nicht daran, sie bis zum Morgen noch zweimal zu ficken.

Sie kuschelt sich an mich und reibt ihre Nase an meinem Hals. „Was hat dich dazu gebracht, für den Gesetzesvollzug zu arbeiten?", fragt sie. „Und was kam zuerst: deine Tätigkeit als Enforcer oder die Arbeit bei der DEA?"

Ich vergrabe meine Finger in ihren Haaren und massiere ihren Hinterkopf. „Die DEA kam zuerst, dann die Tätigkeit als Enforcer. Dem Rat gefiel die Vorstellung, dass ich beim menschlichen Gesetzesvollzug arbeite und helfen kann, Gestaltwandleraktivitäten zu verheimlichen, wenn sie die Grenzen des menschlichen Gesetzes übertreten."

„Und wie bist du bei der DEA gelandet?", fragt sie.

„Ich bin in der Nähe aufgewachsen, in einem westlichen Vorort von Denver, der an die Bergausläufer grenzt, sodass wir laufen und jagen konnten. Unsere Highschool war gemischt – Menschen und Gestaltwandler – und mein bester Freund war ein Mensch."

Colleen hebt ihr reizendes Gesicht und heftet ihre blaugrünen Augen auf mich. Sie wappnet sich, als wüsste sie bereits, was ich sagen werde.

„Wir hatten nur unseren Spaß und haben Partys gefeiert. Natürlich hatten die Drogen keine Wirkung auf mich, aber ich hielt es für meine Aufgabe, die anderen zu schützen und der Fahrer zu sein. Ich war der Kerl, der einen klaren Kopf bewahrte. Meine Freunde wussten nicht, dass ich ein Gestaltwandler war. Unser gelegentlicher Drogenkonsum war von Marihuana zu ein wenig Kokain eskaliert. Ich vermute, es war mit etwas versetzt. Es verbrannte meine Nase und mir war einige Minuten lang schlecht. Aber mein Kumpel ..."

Colleen hält die Luft an.

Ich nicke zur Bestätigung. „Er starb. Und deswegen schwor ich mir, Drogenhändler auszuschalten." Ich zucke mit den Achseln. „Ich schätze, ich gab ihnen die Schuld an dem, was geschehen war."

Sie legt ihre Wange an meine nackte Brust. „Wie hieß er?"

„Travis."

„Dein Verlust tut mir leid."

Ich massiere ihre Kopfhaut. „Das war vor langer Zeit."

„Du bist nobel ... du arbeitest für das Allgemeinwohl." Sie fährt mit einer Fingerspitze durch die Haare auf meiner Brust.

„Dein Wohl ist das Einzige, was mir jetzt wichtig ist", informiere ich sie.

„Du kümmerst dich um die Leute, die du liebst ... sogar um Menschen. Nennst du dich deswegen Daddy?"

Ich zucke mit den Achseln. „Vermutlich. Ich bin ein

Alpha, weshalb ich gerne das Sagen habe, aber auf eine Weise, die fürsorglich und nett ist. Ich will dich verwöhnen."

„Das klingt wundervoll." Ihr Lächeln ist traurig, was meinen Wolf in Panik versetzt.

„Ich kann heute bei der Arbeit anrufen und mich krankmelden", biete ich an. Ich will sie und die Kinder nicht allein lassen. Ungeschützt. Und die Wahrheit ist, dass ich befürchte, dass sie fort sein wird, wenn ich zurückkomme.

Sie schüttelt den Kopf. „Nein. Du wolltest unsere Akten überprüfen und dich vergewissern, dass Dirk keine Vermisstenanzeige aufgegeben hat."

Ich nicke und reibe mit einer Hand über mein Gesicht. „Ja. Das werde ich tun. Falls er es getan hat, werden wir eine einstweilige Verfügung gegen ihn erwirken. Ist er der Typ Gestaltwandler, der sich an Menschengesetze hält?"

„Nein", gesteht sie. „Er hat vermutlich keine Anzeige aufgegeben. Meine Schwester sagt, er hat unserem Vater erzählt, wir hätten einen Streit gehabt, und ich würde zurückkommen. Er spielt die ganze Sache herunter. Aber man weiß nie. Er könnte seine Geschichte jederzeit ändern. Er ist ein Psychopath."

„Ich werde mich um ihn kümmern", verkünde ich grimmig.

„Nein", widerspricht sie rasch und ein kaltes Kribbeln rast über meine Haut.

Ich starre sie an und versuche, die ganze Sache zu enträtseln, habe jedoch nicht genügend Informationen. Ich nehme ihre Hand und küsse deren Rücken. „Rede mit mir, Colleen."

Eine Welt aus Reue schwimmt in ihren Augen und mein Magen ballt sich wie eine Faust zusammen.

Als sie nicht antwortet, frage ich: „Liebst du ihn?"

Das Entsetzen auf ihrem Gesicht, als sie schnaubt, beruhigt einen Teil meiner Qualen.

„Ich muss ihn nicht töten", erkläre ich. „Es gibt andere Arten, sich um diese Angelegenheit zu kümmern." Die gibt es vermutlich nicht, aber wenn sie den Vater ihrer Welpen um derentwillen am Leben halten will, verstehe ich das. Ich werde deswegen nicht mit ihr streiten. Ich werde mir etwas überlegen, damit sie sich sicher fühlt und er am Leben bleibt.

Ich gehe zu meinem Waffensafe, öffne ihn und hole meine Pistole für die Arbeit heraus. Als ich Colleen hinter mir spüre, drehe ich mich um. Sie starrt in den Safe.

„Ist das die Pistole?", fragt sie. Als ich sie nur anstarre, erklärt sie: „Die mit den Silberkugeln?" Silberkugeln sind verboten, außer man ist ein Enforcer.

Ich reibe mir übers Gesicht und eine ungute Vorahnung durchläuft mich bei ihrem Interesse. „Ja, Babygirl. Das ist die Pistole." Ich mustere ihr Gesicht, doch sie wendet sich ab und nickt.

„Ruf mich an oder schreib mir, wenn du irgendetwas brauchst. Wir werden dir diese Woche dein eigenes Auto besorgen, okay?"

Ich kann das nagende Gefühl nicht abschütteln, dass Colleen den Aufenthalt in meinem Haus nur für eine vorübergehende Lösung hält. Es ist ein Ort für sie, an dem sie schlafen kann, bis sie sich ihren nächsten Zug überlegt hat. Ich weiß nicht, was nötig ist, damit sie ihre Meinung in dieser Hinsicht – und in Bezug auf mich – ändert, aber ich versuche, ihr die Vorstellung, hierzubleiben, so schmackhaft wie möglich zu machen.

Sie nickt, zeigt jedoch den gleichen argwöhnischen

Gesichtsausdruck, mit dem mich ihr Sohn oft bedenkt. Als würde sie auf ein unvermeidbares Desaster warten.

Natürlich hat sie recht. Ärger ist auf dem Weg. Aber ich heiße ihn willkommen. Denn je eher ihr ehemaliger Gefährte kommt, desto eher kann ich ihn erledigen und Colleen zeigen, dass ich bereit bin, zu tun, was nötig ist, um sie zu beschützen und glücklich zu machen.

* * *

Colleen

Marks Haus fühlt sich ohne ihn leer an, aber die Kinder wollen unbedingt die neuen Fahrräder ausprobieren. Daher gehe ich mit ihnen nach draußen und genieße die Herbstluft, während sie durch das Viertel radeln.

Als ich zum Haus zurückkehre, stelle ich fest, dass meine Schwester angerufen hat. Siebenmal.

Fuck.

Ich drücke auf den Anruf-Knopf und tigere durch Marks Küche.

„Er weiß, wo du bist." Meagan überspringt die Begrüßung, um mir die Nachricht zu überbringen, die mich wie ein Schlag in den Magen trifft.

„Vom Krankenhaus?"

„Nein, ich glaube nicht. Dirk hat Dad erzählt, er hätte gehört, dass du vom Denver-Rudel entführt wurdest und gegen deinen Willen festgehalten wirst. Er hat es von jemandem aus dem Gestaltwandlerrat gehört oder so. Colleen, er sitzt bereits in einem Flugzeug zu dir und hat allen in seinem Rudel befohlen, die Nacht durchzufahren, um sich dort mit ihm zu treffen."

Verzweiflung rollt durch mich. „Nein."

„Er wollte, dass Dad seinem Rudel ebenfalls befiehlt, zu

dir zu fahren, doch Dad hat ihn beschimpft und ist auch in ein Flugzeug gestiegen."

Mein Verstand rast. „Okay, danke für die Information."

„Was wirst du tun?" Meagans Stimme nimmt eine panische Note an, als hätte sie meine Pläne bereits erraten.

„Ich weiß bloß, dass ich nicht zulassen werde, dass dies zu einem Krieg zwischen den Rudeln wird. Das Denver-Rudel kennt mich nicht und es ist nicht fair, es zu bitten, für mich zu kämpfen. Ich weiß nicht einmal mit Sicherheit, ob sie das tun würden."

„Du musst ausnahmsweise einmal aufhören, dir Sorgen um einen Krieg zwischen den Rudeln zu machen. Wir haben Rudel, damit sie ihre Mitglieder beschützen. Ich glaube, du solltest die Hilfe annehmen, die dir angeboten wird. Vor allem, wenn das Denver-Rudel groß genug ist."

„Damit fühle ich mich nicht wohl. Ich werde dich auf dem Laufenden halten." Ich lege auf, bevor sie weitere Einwände erheben kann.

Mein Magen rumort, als eine dunkle Woge der Trauer über mir zusammenbricht.

Mark zu verlassen, wird meine Wölfin zerreißen. Allerdings werde ich nicht zulassen, dass er sein Leben aufs Spiel setzt, um uns zu beschützen. Nicht, wenn Dirk sein ganzes Rudel mitbringt. Sogar mit Silberkugeln ist das kein Krieg, den er allein gewinnen kann.

Ich gehe zu Marks Schlafzimmer. Ich habe mir den Code für den Safe eingeprägt, als er ihn heute Morgen geöffnet hat. Daher kann ich ihn nun öffnen und vorsichtig die Pistole sowie die Silberkugeln herausholen. Meine beste Chance besteht darin, mich selbst mit der Situation auseinanderzusetzen. Und jetzt habe ich ein Mittel, um das zu tun.

Ich lade die Waffe und stecke sie in meinen Hosenbund, ehe ich nach unten gehe, um eine Nachricht für Mark zu schreiben und mit den Kindern zu sprechen.

„Angie, Jayden, kommt bitte her." Nachdem ich die Nachricht geschrieben habe, rufe ich die Welpen vom Fernseher zu mir und setze mich auf einen Küchenstuhl.

Sie hören anscheinend etwas aus meiner Stimme heraus, denn sämtliche Freude über das Fahrradfahren verschwindet augenblicklich. Jayden schaltet den Fernseher aus und sie stellen sich beide vor mich. Ich versammle sie dicht bei mir.

„Gehen wir?", fragt Jayden leise.

„Ich muss mich um etwas kümmern. Etwas wirklich Wichtiges. Es ist nicht sicher für euch, weshalb ihr mich nicht begleiten könnt."

Angies Augen füllen sich mit Tränen.

Jaydens Miene lässt ihn uralt aussehen. „Ist Dad hier?"

Ich schlucke und nicke. „Ich werde mich um ihn kümmern."

„Mit Marks Pistole?", fragt Jayden und überrascht mich. Er hat anscheinend Samstagnacht gehört, wie Mark und ich im Flur darüber gesprochen haben.

Ich nicke erneut.

„Was, wenn es nicht funktioniert?"

„*Es muss funktionieren*", erwidere ich leidenschaftlich. Denn es gibt keine andere Option. Ich will nicht den Rest unseres Lebens auf der Flucht sein und mich verstecken. Ich habe meinen wahren Gefährten, meinen vom Schicksal vorherbestimmten Gefährten, meinen Wolf-Daddy kennengelernt und muss mit ihm zusammen sein.

„Ich lasse diese Nachricht für Mark hier. Wenn er nach Hause kommt, gib sie ihm, okay?"

Jayden nickt ernst.

Angie weint jetzt richtig.

Ich weigere mich, meine eigenen Tränen fallen zu lassen. Ich werde die beiden auf keinen Fall mitnehmen, denn falls ich versage, würden sie Dirk in die Hände fallen. Wenn jetzt etwas schiefgeht, wird Mark sie beschützen und meine Schwester anrufen, die sie aufnehmen wird. Doch es darf nichts schiefgehen. Ich werde zu ihnen zurückkehren. Sie brauchen mich. Ich umarme beide fest und küsse sie auf den Kopf, bevor ich mir über eine App eine Fahrt buche, um in die Berge zu gelangen. Ich muss fernab von Menschen sein, damit es funktioniert.

Kapitel Fünf

Mark
Am Nachmittag habe ich ein schlechtes Gefühl, das sich verstärkt, als Colleen nicht an ihr Handy geht. Ich verlasse die Arbeit früher mit der Behauptung, dass ich einen Arzttermin habe, und fahre geradewegs nach Hause.

Meine Gefährtin würde mich nicht verlassen. Das könnte sie nicht tun. Unsere Wölfe brauchen einander und sie wäre allein nicht sicher.

Das rede ich mir auf der gesamten Heimfahrt ein, aber kaltes Grauen erfüllt meine Glieder. Ich parke in der Garage und reiße die Tür auf. Erleichterung durchströmt mich, als ich den Fernseher höre und die Kinder sehe.

Doch dann erkenne ich sofort, dass etwas nicht stimmt. Beide Welpen sehen verängstigt aus. Ich schnuppere in der Luft, kann jedoch keinen anderen Wolf riechen. Colleens Duft ist ganz schwach.

„Wo ist eure Mom?" Ich bemühe mich, trotz meiner zurückkehrenden Panik ruhig zu sprechen.

Jayden steht auf und geht zum Küchentisch, anstatt mir

zu antworten. Er holt einen versiegelten Umschlag mit meinem Namen.

Fuck.

Ich pflücke ihm den Umschlag aus den Fingern und renne zu meinem Schlafzimmer, obwohl ich bereits weiß, was ich vorfinden werde. Der Safe ist geöffnet und die Pistole fort.

Ich reiße den Umschlag auf und lese Colleens ordentliche Handschrift.

Mark,

Dirks Rudel kommt aus Kentucky hierher. Bitte greife es nicht an. Ich will keinen Rudelkrieg. Ich werde mich selbst um ihn kümmern.

Falls ich es aus irgendeinem Grund nicht zurückschaffe, steht unten die Telefonnummer meiner Schwester Meagan. Sie wird für die Welpen sorgen. Es tut mir leid, dass ich sie bei dir zurücklasse, aber ich kann nicht zulassen, dass Dirk sie mitnimmt.

Danke für alles,
Colleen

Danke für alles? Was zum Henker? Ich hasse den förmlichen Ton des Briefs, als wäre ich irgendein Fremder und nicht ihr gottverdammter Gefährte. Das ist allerdings nicht der Teil, wegen dem ich in Panik gerate.

Es liegt an dem Wissen, was meine mutige, hübsche Gefährtin zu tun versucht. *Fuck!*

Ich muss zu ihr und sie aufhalten.

Am Morgen nach ihrer Ankunft habe ich einen Peilsender auf ihrem Handy installiert aus Angst, dass so etwas passieren könnte. Ich beeile mich, die App zu öffnen, und hole scharf Luft, als ich sehe, wohin sie gegangen ist. Sie ist auf dem Weg in die Berge, ungefähr zwanzig Meilen westlich von Denver.

„Jayden, Angie, ich werde eurer Mutter folgen. Ich werde sie sicher nach Hause bringen. Ich werde jemanden aus meinem Rudel anrufen, damit er herkommt und bei euch bleibt. Nehmt meinen Anruf an, falls das hier klingelt, verstanden?" Ich reiche Jayden ein Tablet, auf dem ich ihn anrufen kann. „Ihr könnt Spiele runterladen und darauf spielen, wenn ihr wollt, oder ihr könnt einfach weiter fernsehen."

Jayden nickt. Angie beobachtet mich bloß mit großen Augen. „Ich habe Angst", sagt sie.

„Oh Baby." Ich knie mich vor sie und ziehe sie in eine Umarmung. „Ich werde dafür sorgen, dass ihr in Sicherheit seid."

„Was ist mit Momma?"

„Ich werde sie jetzt holen." Ich küsse sie auf den Scheitel. „Wir werden zurückkommen."

Ich wünschte, ich wäre mir halb so sicher, wie ich klinge. Ich renne zu meinem SUV und springe hinein, lasse den Motor an und fahre rückwärts, noch bevor ich mich angeschnallt habe. Beim Fahren tippe ich die Nummer für Meagan ein, die mir Colleen hinterlassen hat.

„Hallo?" Die Frauenstimme, die antwortet, klingt alarmiert.

„Meagan? Hier spricht Mark Ruhl, ich bin ..."

„Colleens Gefährte. Wo ist sie? Geht es ihr gut?"

„Ich bin auf dem Weg zu ihr. Ich habe einen Peilsender auf ihrem Handy installiert."

„Oh, dem Schicksal sei Dank."

„Weißt du, was sie vorhat?"

„Ich vermute, sie versucht, Dirk von dir und dem

Denver-Rudel wegzulocken. Sie wollte nicht, dass jemand wegen ihr verletzt wird."

„*Sie* versucht, *mich* zu beschützen." Ich fluche, fahre schneller und breche das Tempolimit.

„Dirk ist ein wirklich schrecklicher Kerl, Mark. Er hat allen erzählt, dass dein Rudel sie entführt hat. Es wäre besser gewesen, wenn sie dir erlaubt hätte, sie zu markieren, aber sie hatte Angst, dass er euch in diesem Fall beide töten würde."

Ich blecke die Zähne und ein wildes Knurren entreißt sich meiner Kehle. Meine Gefährtin musste mit diesem Psychopathen zusammenleben. „Ich werde ihn töten, wenn er sie auch nur anfasst", schwöre ich.

„Pass auf. Bitte halte mich auf dem Laufenden."

„Mache ich." Ich beende das Telefonat.

Colleen. Meine Brust schnürt sich zu. Sie war sich in Bezug auf mich nicht unsicher. Sie beschützte mich. Meine törichte kleine Gefährtin. Weiß sie nicht, dass ich lieber sterben würde, als zuzulassen, dass sie jemals wieder verletzt wird?

* * *

Colleen

Meine Hände schwitzen, während ich auf der Betonbank in der Nähe des Sees sitze und warte.

Ich schrieb Dirk, nachdem ich hier angekommen war, und fügte meinen Dad als Empfänger hinzu, um sicherzustellen, dass es einen Zeugen gibt. *Deine Geschichte, dass ich vom Denver-Rudel entführt wurde, ist lächerlich. Ich habe dich verlassen, weil weder unsere Welpen noch ich weiterhin deine Prügelknaben sein werden. Sag deinem Rudel, dass es umkehren und nach Hause fahren soll.*

Er musste zu wütend gewesen sein, um zu bemerken, dass mein Dad mitlesen konnte, oder vielleicht war es ihm egal, denn er antwortete: *Ich werde euch alle töten.*

Mein Herz hämmerte, als ich schrieb: *Lass das Denver-Rudel in Ruhe. Ich bin nicht bei ihnen.*

Ich werde dich finden.

Lass das Denver-Rudel in Ruhe. Wir treffen uns beim Evergreen Lake.

Danach antworteten weder er noch mein Vater, aber ich bin mir sicher, dass Dirk auf dem Weg ist. Also warte ich und versuche, nicht an Mark zu denken, und daran, wie aufgebracht er sein wird, wenn er entdeckt, was ich getan habe. Ich will auch nicht an die Welpen denken und was mit ihnen geschehen wird, sollte ich nicht erfolgreich sein. Stattdessen konzentriere ich mich auf meine Atmung. Einatmen. Ausatmen. Gleichmäßig. Das Schicksal ist auf meiner Seite. Sie hat mich zu meinem Gefährten geführt. Jetzt muss ich das hier bloß zu Ende bringen.

Ich merke es sofort, als er ankommt. Meine Nackenhaare richten sich auf und Gänsehaut überzieht meinen Körper, als das unbekannte Auto – zweifellos ein Mietwagen – auf den Parkplatz fährt. Ich greife instinktiv nach hinten und berühre die Pistole in meinem Hosenbund.

Er steigt aus und knallt die Tür zu, bevor er zu mir stürmt.

Ich stehe nicht auf, sondern warte einfach, bis er zu mir stapft. Obwohl er auf der anderen Seite der Wiese ist, kann ich die Wut erkennen, die er ausstrahlt. Seine Gewalt lauert dicht an der Oberfläche und ist bereit, hervorzuspringen. Natürlich triggert mich das. Adrenalin durchströmt meinen Körper so schnell, dass ich mich beinahe verwandle, um in den Wald zu rennen. Allerdings weiß ich bereits, wie dieses Szenario ablaufen würde. Er würde mich fangen und ich würde leiden.

Nein, dieses Mal werde ich nicht wegrennen. Ich werde mich wehren.

Also stehe ich auf und gehe mit gerecktem Kinn und mahlenden Zähnen zu ihm. Ich ziehe die Pistole, als er nur noch anderthalb Meter entfernt ist, und richte sie auf ihn. Meine Hand zittert, das hindert mich allerdings nicht daran, die Pistole zu entsichern. „Wenn du einen Schritt näher kommst, töte ich dich", warne ich.

Er lacht spöttisch. „Denkst du, eine Pistole wird mich aufhalten?" Er stürzt sich auf mich.

Ich schieße. Dirks Körper zuckt bei dem Aufprall zusammen.

Ich bemerke die Ankunft zweier Autos auf dem Parkplatz und die Aufmerksamkeit, die ich mit dem Schuss erregt habe.

Fuck. Zeugen.

Und Doppeltes-Fuck. Ich habe nicht richtig getroffen.

Die Kugel hat ihn in der Schulter erwischt, nicht im Herzen. Er taumelt rückwärts, seine Augen werden bernsteinfarben und seine Lippen verziehen sich zu einem Knurren. „Silber." Er erkennt die verheerenden Eigenschaften der einzigen Substanz, die Gestaltwandlern schaden kann.

Er überwindet die Distanz zwischen uns.

Ich erstarre kurz und die alte, vertraute Furcht steigt in mir auf.

Das verleiht ihm den Vorteil, den er braucht. Er versucht, die Pistole zu greifen. Ich reiße meine Hand zurück und schieße in die Luft, doch er schlägt sie mir aus der Hand. Ich springe ihr hinterher, aber er packt meinen Schädel und winkelt die Arme an, um mir den Hals zu brechen.

Ich höre das Knurren eines Wolfs im gleichen Moment, in dem ein Schuss erklingt.

Dirk bricht tot auf dem Boden zusammen.

Meine Knie knicken ein und ich falle beinahe ebenfalls. Der große schwarze Wolf, der auf mich zurennt, verwandelt sich jedoch geschmeidig in einen Menschen. Mark fängt mich auf und hebt mich in seine Arme.

Ich starre verwirrt auf Dirk, der auf dem Boden liegt. „Wie ... wer ...“

Und dann sehe ich meinen Vater, der mit einer Pistole in der Hand zu uns joggt. „Colleen!“ Furcht schwingt in seiner Stimme mit.

Mark drückt mich fester an sich, als wolle er mich auch vor meinem Dad beschützen. Ich schlinge meine Arme um Marks Hals und atme den berauschenden Duft meines Gefährten ein. „Es tut mir leid. Es tut mir so leid.“

„Er hat dich beinahe umgebracht.“ Mein Dad klingt schockiert.

Mark ignoriert ihn. „Fuck, Baby. Fuck. Ich bin so froh, dass es dir gut geht.“

„Mir geht es gut. Wo sind meine Welpen?“ Mein Kopf schnellt zum Parkplatz und ich hoffe, dass Mark sie nicht mitgebracht hat.

„Eine Familie aus dem Rudel hat sie aufgenommen, bis die Sache vorbei ist.“

Mein Vater steht hinter Mark und zum ersten Mal in meinem Leben wirkt er unsicher. Sogar unbeholfen. „Colleen. Es tut mir leid, Co-co“, entschuldigt er sich, wobei er meinen Spitznamen aus Kindertagen nutzt. Er fährt mit einer Hand durch seine grau melierten Haare. „Es tut mir so leid. Warum hast du mir nicht erzählt, wie schlimm es war?"

Mark scheint mich nur widerwillig abzusetzen, tut es nach einem Augenblick jedoch. Er zieht mich allerdings eng an seine Seite. Seine Kleider hängen in Fetzen von seinem großen, muskulösen Körper.

„Er sagte, er würde dich töten, wenn du ihn jemals herausforderst", gestehe ich. „Er drohte, dein ganzes Rudel zu vernichten. Das konnte ich nicht mit meinem Gewissen vereinbaren."

Mein Dad flucht. „Dirk war ein schlimmer Kerl und ich hätte das erkennen sollen. Es tut mir so leid."

Zum ersten Mal wage ich einen Blick auf Dirks Körper. „Du hast ihn getötet." Mein Vater hat ihm in den Kopf geschossen, was einen Gestaltwandler tötet, selbst wenn keine Silberkugel benutzt wird.

„Aber natürlich." Er räuspert sich. „Und wer bist du?", fragt er Mark.

„Oh! Dad, das ist Mark, mein wahrer Gefährte. Mark, mein Vater, Aaron Blackthorn."

Mark wartet einige Augenblicke, bis er meinem Dad seine Hand reicht. Er sagt nicht *freut mich, dich kennenzu-lernen* oder *wie geht es dir?* Vermutlich ist er wütend auf meinen Dad, dass er mir Dirk aufgehalst hat.

Mein Dad packt seine Hand, beugt den Kopf und nimmt Marks stummes Urteil entgegen.

„Ich werde mich darum kümmern." Mark mustert Dirks zusammengebrochenen Körper angewidert. „Du bringst Colleen zu meinem Haus."

Mein Vater ist es nicht gewohnt, herumkommandiert zu werden, nimmt die Anweisung jedoch mit einem Nicken an. „Bist du sicher, dass du das hier unter Kontrolle hast?"

„Ja. Ich bin ein Enforcer."

Die Augenbrauen meines Dads heben sich, als sei er beeindruckt, was mir allerdings egal ist. Ich bin längst darüber hinaus, das Leben zu führen, das er für mich wollte.

„Kannst du dich mit seinem Rudel auseinandersetzen?", fragt Mark meinen Dad.

„Ja. Ich habe dieses Problem verursacht, ich werde es in Ordnung bringen."

Mark deutet mit dem Kopf auf Dirks Leiche. „Ehrlich gesagt, bin ich froh, dass du es getan hast. Ich wollte nicht derjenige sein, der den Vater der Welpen tötet, und ich wollte auch nicht, dass Colleen es tun muss." Er legt seine Hand in meinen Nacken, zieht meinen Kopf näher zu sich und küsst meine Stirn.

„Jayden und Angie werden seinen Tod nicht betrauern", sage ich leise, woraufhin Mark und mein Dad ein finsteres Gesicht machen.

„Geht ... ich habe das hier unter Kontrolle", verspricht Mark.

Ich schlinge meine Arme um ihn und drücke ihn fest, als mein Dad zum Auto zurückgeht. „Danke schön. Es tut mir leid. Bist du sauer?", flüstere ich.

„Nicht sauer. Nur verdammt erleichtert." Er hält mich in den Armen und wippt vor und zurück, als würden wir langsam tanzen.

Ich presse mich wieder dicht an ihn, da ich ihn spüren muss und darauf brenne, ihn Haut auf Haut zu berühren. „Ich bin bereit, mich von dir markieren zu lassen."

Mark weicht zurück und ich sehe, wie sich seine Mundwinkel anheben, während seine Augen ihre Farbe zu Silber ändern. „Oh, ich werde dich markieren, Süße. Ich werde sicherstellen, dass du nie vergisst, zu wem du gehörst." Er berührt meine Nase. „Und das hier wird definitiv Konsequenzen nach sich ziehen, Babygirl."

Ich gehe auf die Zehenspitzen und küsse seinen Hals. „Ich liebe dich."

Marks Arm legt sich um mich und seine Lippen krachen auf meine, als er mich auf seine Taille hebt. „Ich liebe dich so sehr, Colleen." Ich spüre das Hämmern seines Herzens an meiner Brust. Sein Mund bewegt sich auf meinem, neigt sich in diese und jene Richtung, während er mich zum Parkplatz trägt.

„Jetzt sei ein braves Mädchen und geh nach Hause ... zu *unserem* Haus. Ich muss wissen, dass du in Sicherheit bist. Erst dann kann ich mich darauf konzentrieren, hier aufzuräumen." Er bringt mich zur Beifahrerseite des Wagens, in dem mein Dad sitzt, und stellt mich ab.

„Okay." Dieses Mal küsse ich ihn. „Ich werde auf dich warten."

„Wehe, wenn nicht." In seiner Stimme liegt eine Leichtigkeit, die allem die Schwere nimmt, was gerade passiert ist.

Ich bin jetzt mit Mark zusammen. Meinem wahren Gefährten.

Alles wird gut werden.

Kapitel Sechs

M^{*ark*} Colleen wartet in einem meiner T-Shirts auf meinem Bett – nein, *unserem* Bett – auf mich.

Es ist spät. Ihr Vater hat die Welpen über Nacht in ein Hotel mitgenommen, da er richtig riet, dass wir ein wenig Zeit für uns gebrauchen können, um die Dinge zwischen uns zu klären. Er bestach sie mit dem Versprechen, dass sie Essen beim Zimmerservice bestellen und im Pool schwimmen dürfen. Daher gingen sie trotz des stressigen Tages gerne mit ihm mit.

Ich verbrachte den Nachmittag damit, mich um Dirks Leiche zu kümmern, indem ich es aussehen ließ, als hätte er mit Drogen gehandelt und wäre von einer Drogengang hingerichtet worden. Anschließend traf ich mich mit Ben, meinem Alpha, Colleens Dad und dem Lexington-Rudel, um die Lage ein für alle Mal zu klären.

Jetzt, nachdem ich frisch geduscht bin, singt mein Blut erwartungsvoll, da ich mein Weibchen markieren werde.

Sie wirkt nun vollkommen verändert, da die Bedrohung

entfernt wurde, die Dirk dargestellt hat. Ihre Vorsicht ist verschwunden. Zuvor merkte ich, dass sie sich zurückhielt, doch jetzt wirkt sie offen und aufgeschlossen. Sie ist die Meine.

„Kleider runter, Baby", befehle ich, als ich sie auf der Bettmitte sitzen sehe. Sie sieht so unterwürfig aus, während sie auf mich wartet und ihren aufmerksamen Blick auf mein Gesicht richtet.

Sie reißt sich das Shirt vom Körper und wirft es auf den Boden, woraufhin ich entdecke, dass sie nichts darunter anhat.

Ein anerkennendes Knurren kriecht meine Kehle hinauf, als ich mich ihr nähere. „Oh, süßes Mädchen. Das ist so wunderschön."

Ihre Nippel richten sich auf und ihre Augen werden bernsteinfarben. Ich rieche ihre Erregung.

„Kleine Wölfin, du hast mich heute verärgert", informiere ich sie mit gespielt strenger Stimme.

„Ich weiß, Daddy. Es tut mir leid."

„Ich hatte solche Angst um dich." Ich positioniere sie sachte auf ihren Knien, bevor ich ihren Oberkörper nach unten drücke, bis ihr Hintern in die Luft ragt. „Ich dachte, ich würde dich verlieren."

„Ich weiß."

Mit der Hand fahre ich über ihren Po und streichle sie. „Du hast versucht, mich zu beschützen, indem du mir nicht erlaubt hast, dich zu markieren, oder?"

„Ich hatte einfach Angst", gesteht sie und mein Herz zieht sich zusammen.

„Bitte halte mich nie wieder so aus deinem Leben raus." Ich verpasse ihrem Hintern einen Hieb. „Wenn du in Schwierigkeiten steckst, möchte ich an deiner Seite sein." Ich schlage die andere Pobacke.

„Ja, Daddy."

„Wirst du mir erlauben, mich um dich zu kümmern?" Ich schlage ihren Po erneut.

„Ja! Ja, bitte."

Ich glucke, denn sie ist so verdammt süß. Ich könnte sie nie richtig bestrafen, vor allem nicht nach allem, was sie durchgemacht hat. Sie muss wissen, dass sie bei mir immer sicher ist.

„Gib mir diesen Hintern." Ich packe beide Pobacken, ziehe sie auseinander und fahre ihr Poloch mit der Zunge nach.

„Oh!", kreischt sie und ihre Rosette flattert an meiner Zunge.

„Heute Nacht werde ich dich hier ficken. Das passiert, wenn du ungezogen bist."

Der süße Geruch ihrer Erregung verrät mir, dass sie vollkommen mit dieser Idee einverstanden ist.

Ich massiere sie mit zwei Fingern zwischen den Beinen, finde ihren Kitzler und tippe ihn einige Male an, bevor ich ihm einen Klaps verpasse.

„Zuerst werde ich diese süße Pussy versohlen und dann werde ich meinen Schwanz gerade so weit eintauchen, dass meine Zähne ausfahren. Daraufhin werde ich deinen süßen kleinen Hintern für immer als den Meinen markieren."

Colleen stöhnt ihre Zustimmung, als ich einen leichten Kreis um ihren Kitzler ziehe.

Ich versohle ihre Pussy mit kurzen leichten Schlägen und genieße es, wie ihre Säfte jedes Mal über meine Finger laufen, wenn ich sie berühre.

Ich muss nicht einmal meinen Schwanz in sie tauchen – ich bin bereits steinhart und meine Fangzähne sind ausgefahren. Sie sind mit dem Serum überzogen, das meinen Geruch für immer in ihrem Fleisch einbetten wird.

Allerdings bin ich ein Männchen, das sein Wort hält. Ich versohle ihre Pussy, bis ihr Stöhnen verzweifelt und lüstern klingt. Dann dringe ich so tief mit meiner Härte in sie, dass sie vor Wonne aufschreit.

„Ja, Daddy!"

„So ist's richtig, Babygirl. Nimm meinen Schwanz auf", knurre ich, bevor ich mich wieder in sie ramme.

„Ja, bitte. Ich will es. Ich will es so sehr", bettelt sie.

Fuck.

Ich dringe mit kürzeren Bewegungen in sie, wobei ich jedes Mal gegen ihren Hintern stoße und sich meine Eier zusammenziehen, als sei ich schon bereit, zu explodieren. Doch das werde ich nicht tun. Ich habe heute Nacht andere Pläne. Ich packe ihre Hüften fest, um es für uns beide befriedigender zu machen. Meine Eier klatschen gegen ihren Kitzler. Mein Daumen drückt gegen ihren Hintereingang.

Gerade, als ich mir sicher bin, dass sie kommen wird – als ihre inneren Wände anfangen, sich zusammenzuziehen, und ihr Stöhnen zu verzweifelten Schreien wird – ziehe ich mich aus ihr und versenke meine Fangzähne in ihrem hübschen Hinterteil.

Sie schreit und bockt, als würde ihr der Schmerz genauso viel Wonne bereiten wie der Sex. Ich dringe in ihr Loch und halte sie so fest – gefangen von meinem Biss und von meinem Daumen für das geöffnet, was als Nächstes geschehen wird.

Sie kommt, stöhnt, bettelt und ihre Finger suchen zwischen ihren Beinen nach ihrem Kitzler.

Ich brauche einen Augenblick, um meine Menschlichkeit zurückzuerlangen, aber die Befriedigung, sie markiert zu haben, ist das berauschendste High, das ich jemals erlebt habe. Ich ziehe meinen Daumen und meine Fangzähne aus ihr und lecke die Wunde, damit sie sich schließt. Colleen bewegt unterdessen weiterhin ihre Finger zwischen ihren Beinen und stöhnt.

„Es tut mir leid, Babygirl. Habe ich dich leer zurückgelassen, als du gekommen bist?"

„Ja, Daddy."

„Keine Sorge, ich werde dich gleich mit meinem Schwanz füllen, Süße. Beweg dich nicht." Ich verlasse sie kurz, um das Gleitgel zu holen, das ich auf meinem Heimweg besorgt habe. Ich überziehe meinen Schwanz und ihren Anus mit einer großzügigen Menge, bevor ich ein Kissen unter ihre Hüften schiebe, damit sie es angenehmer hat.

Ich lasse einige weitere Hiebe auf ihren Hintern prasseln. „Greif nach hinten und öffne deinen Po für mich", befehle ich.

Sie gehorcht sofort, da sie mir zu diesem Zeitpunkt offensichtlich komplett vertraut.

Ich setze mich rittlings auf ihre Hüften und reibe mit der Schwanzspitze über ihren Anus. „Nimm mich auf."

Zuerst verkrampft sie sich, doch ich warte, bis sich ihre Rosette entspannt und öffnet. Ich dringe langsam in sie, während sie sich daran gewöhnt, ihren Hintern gefüllt zu haben.

„Braves Mädchen", lobe ich und sie entspannt sich noch mehr. „Führ deine Finger wieder zwischen deine Beine, Süße. Stimuliere diese Pussy für mich, während ich deinen Hintern ficke."

„Ja, Daddy."

Ich liebe es, wie umgänglich sie ist. Wie sehr sie mit allem einverstanden ist. Wie bereitwillig sie bei meinem Dirty Talk und meinen kinky Spielchen mitmacht.

Als ich vollständig in ihr bin, beginne ich, mich langsam

zu bewegen. Nur ein wenig. Rein und raus. Allmählich dehne ich die Bewegungen aus, bis ich vollständig in sie dringe – sie fülle und mich wieder zurückziehe.

Ihr Stöhnen und die feuchten Geräusche hektischer Finger, mit denen sie zwischen ihren Beinen zu Gange ist, füllen den Raum.

„Wirst du dich wieder in Gefahr bringen, Babygirl?"

„Nein, Daddy!"

„Nein. Du wirst Daddy erlauben, sich um dich zu kümmern, nicht wahr?"

„Ja. Ja, bitte. Das brauche ich." Sie klingt verzweifelt, als würde sie gleich noch einmal kommen.

Es weckt auch in mir den verzweifelten Wunsch nach einem Orgasmus.

„Fuck", knurre ich, dringe schneller in sie und versuche, zu verhindern, dass meine Bewegungen hektisch oder ruckartig werden, während sich meine Schenkel anspannen.

„Bitte, bitte, Daddy!", kreischt sie.

Ich schreie, ramme mich tief in sie und fülle ihren Hintern mit meinem Sperma, während ich um ihre Hüften herumgreife und meine Finger tief in ihrer zuckenden Mitte versenke.

„Oh beim Schicksal, ja", keuche ich an ihrem Ohr und bewege mich langsam.

„Ja", stöhnt sie zustimmend.

„Du bist jetzt die Meine", informiere ich sie und keuche an ihrem Rücken. Ich küsse ihr Ohr, ihren Kiefer und ihren Haaransatz entlang.

„Du gehörst zu mir", erwidert sie. „Ich werde mich ebenfalls um dich kümmern."

Ich glucke und ziehe mich aus ihr zurück. „Bleib, Babygirl", raune ich, bevor ich aufstehe, um einen Waschlappen zu holen und sie zu waschen. Als ich fertig bin, dreht sie sich um, woraufhin ich das Kissen wegziehe, mich auf ihr niederlasse und Küsse auf ihrem reizenden, herzförmigen Gesicht verteile.

„Du musst dich nicht um mich kümmern, kleine Wölfin. Dich in meinem Bett zu haben, ist Belohnung genug. Ich will, dass du dich um dich selbst kümmerst. Du könntest aufs College gehen, wenn du möchtest. Oder du kannst zu Hause bleiben. Oder arbeiten. Alles, was dir Freude bereitet. Das will ich von dir."

Sie schlingt ihre Arme und Beine um mich und reißt mich an sich.

Ich glucke. „Ich werde dich nicht erdrücken, Süße."

„Nein, das wirst du nicht tun", stimmt sie zu und vergräbt ihr Gesicht an meinem Hals.

„Ich liebe dich, süßes Mädchen."

„Du bist mehr als mein Gefährte. Mehr als mein Daddy. Du bist ein Held im wahrsten Sinne des Wortes. Du widmest dich dem Schutz anderer. Travis würde sich geehrt fühlen von dem, was du in seinem Andenken getan hast. Und ich bin so stolz, deine Gefährtin zu sein."

Meine Augen und Nase werden kurz heiß. „Danke schön, Babygirl."

Epilog

*C*olleen

„Ich höre den Herzschlag", murmelt Mark, dessen Ohr an meinen gerundeten Bauch gepresst ist.

Wir sind in einer Hütte in den Schweizer Alpen für unseren Babymoon – den Honeymoon, den man *vor* der Geburt des Babys macht, da es danach keinen Schlaf mehr geben wird . Die Welpen sind bei einer Gestaltwandlerfamilie in Denver geblieben, die Kinder im fast gleichen Alter hat. Ich habe heute Morgen mit ihnen telefoniert und sie klangen, als hätten sie wahnsinnig viel Spaß.

Ich kichere. „Sogar mit einem Gestaltwandlergehör kannst du unmöglich ihren Herzschlag hören."

Mark hebt den Kopf und grinst. „*Ihren*? Weißt du etwas, was du mir nicht verraten hast?"

Ich erröte. „Ich habe geträumt."

„Ach ja?" Er streichelt im Kreis um meinen Bauch und über meine Hüfte. „Was hast du geträumt, Babygirl?"

„Ich habe geträumt, dass sie in einer Hütte wie dieser geboren wurde ... allerdings in Colorado. Die Welpen waren da und du hast sie aufgefangen. Du hieltest sie in deinen Händen und riefst, *Es ist ein Mädchen,* und wir begannen alle vier, vor Freude zu weinen."

Marks Augen werden feucht, so wie sie es auch in meinem Traum taten. „Klingt perfekt."

Er ist ein fantastischer Vater für Angie und Jayden. Sie vergöttern ihn. Da sie zuvor ein Arschloch als Vater hatten, sind sie vollkommen offen und dankbar für einen Vater, der freundlich, aufmerksam und ehrenhaft ist.

Sie kommen beide gut auf der Menschenschule zurecht, bei der ich sie angemeldet habe, und ich besuche das Gemeindecollege, habe allerdings noch nicht entschieden, was ich im Hauptfach studieren möchte. Ich hatte vor, das College zu verlassen, wenn das Baby auf die Welt kommt, doch Mark sagte, ich sollte versuchen, weiter zu studieren und einfach einen Kurs nach dem anderen abzuschließen. Ich glaube, er möchte, dass ich weiß, dass ich andere Optionen habe, als zu Hause zu bleiben, Welpen großzuziehen und meinem Gefährten zu dienen.

Bei ihm ist es jedoch nie so. Er vergöttert mich. Er kümmert sich um uns. Im Gegenzug will er einzig und allein *mich.* Was ich ihm gerne gebe.

Er hat seinen Job als Enforcer beim Gestaltwandlerrat aufgegeben und ich mache mir keine allzu großen Sorgen, wenn er für die DEA arbeitet, da er größtenteils kugelsicher ist.

Ich stemme mich auf Hände und Knie und klettere über ihn. Obwohl wir erst vor einer halben Stunde Sex hatten, will ich bereits mehr. Wegen der Schwangerschaft bin ich ständig erregt. Marks Augen funkeln silberfarben vor Befriedigung, er packt meine Hüften und zieht mich über seine Erektion. „Du siehst so wunderschön aus."

Ich umfasse meine großen Brüste und lache heiser.

Diese Schwangerschaft war einfach. Ich fühle mich hübsch – wahrscheinlich, weil Mark mir das mindestens fünf Mal am Tag sagt. Ich beginne, auf Marks Schwanz zu schaukeln, nehme ihn tiefer auf und gleite wieder von ihm. Es fühlt sich so gut an, andererseits fühlt es sich immer gut an. Mein Leben hat sich fast über Nacht von einem Albtraum zu einem Traum entwickelt.

Ich lasse meine Hände auf seine Schultern fallen, damit ich meine Hüften schneller bewegen kann. Meine Haare, die lang und dicht geworden sind, kitzeln über seinen Hals. „Ich bin so glücklich, dass ich meinen Daddy gefunden habe", gurre ich.

Seine Augenwinkel kräuseln sich, obwohl ich in dem Silber seiner Iriden sehen kann, dass sein Verlangen den Höhepunkt erreicht. „Bester Tag meines Lebens", stimmt er zu. Er packt meine Hüften, übernimmt die Arbeit, zieht mich auf seinen Schwanz und kontrolliert unseren Rhythmus. Ich werfe den Kopf nach hinten und biege mich der Wonne entgegen, als er mich dazu bringt, ihn immer schneller zu reiten. Er erregt mich immer mehr, bis er seinen Daumen auf meinen Kitzler drückt und diesen massiert. „Komm auf Daddys Schwanz", befiehlt er.

„Ja, Daddy!" Meine Muskeln verkrampfen sich um seinen Schwanz herum, drücken und melken ihn, während Wonne von meiner Mitte ausgehend durch meinen ganzen Körper schießt.

Mark schreit, dringt tief in mich, hebt seine Hüften vom Bett und stemmt unsere beiden Körper in die Luft, während er mich mit seinem Samen füllt. „Das ist es, Babygirl." Er fällt wieder aufs Bett, nach wie vor in mir. „Braves Mädchen." Er zieht meine Hüften langsam auf seinen Schwanz und entringt mir weitere kleine Nachbeben, bis ich erschöpft auf ihm zusammenbreche.

„Zeit für ein Nickerchen", raunt er, als sich meine Augen flatternd schließen. Sein Arm legt sich um mich und hält mich fest.

„Mmmh. Danke, Daddy."

Er gluckst leise. „Du musst mir nicht für den Sex danken, Babygirl. Dir Lust zu bereiten, ist meine Aufgabe."

Ich reibe mein Gesicht an seinem Hals und atme seinen Leder- und Kaffeeduft ein. „Ich liebe dich."

Er dreht uns vorsichtig auf unsere Seiten, da diese Position mit meinem großen Bauch zwischen uns nicht tragbar ist. „Ich bin verrückt nach dir, Engel. Ich lebe nur für dich und unsere Welpen."

„Geht mir genauso", murmle ich, als mich der wohlverdiente Schlaf packt und ich wieder ins Land der Träume drifte.

Wolf Ranch

ungezähmt
Wolf Ranch – Buch 1

Boyd
Rudelregel #1: Zeige dich niemals einem Menschen.

Ich brach diese Regel an dem Tag, als ich der hübschen Ärztin begegnete.

Ich mag zwar ein Rodeochampion sein, aber ein Blick auf sie und ich verlor meine Konzentration.

Der Bulle warf mich ab und spießte mich auf, und jetzt ist mir die süße Frau auf der Spur.

Als ich innerhalb von Stunden heilte, wusste sie, dass irgendetwas nicht mit rechten Dingen zuging.

Mein Alpha befahl mir, sie im Auge zu behalten.

Kein Problem. Ich werde sie im Auge behalten. Aus *nächster* Nähe.

Ich werde wie Superkleber an ihr haften.

Und diese menschlichen Männer, die sie daten wollen?

Die sollten sich besser zurückhalten.
Denn die Ärztin gehört *ganz allein mir*.
Ob sie das nun weiß oder nicht.

ungezähmt

Renee Rose: HOLEN SIE SICH IHR KOSTENLOSES BUCH!

Tragen Sie sich in meine E-Mail Liste ein, um als erstes von Neuerscheinungen, kostenlosen Büchern, Sonderpreisen und anderen Zugaben zu erfahren.

https://www.subscribepage.com/mafiadaddy_de

Bücher von Renee Rose

Wolf Ridge High

Alpha Bully - Buch 1

Alpha Knight - Buch 2

Step Alpha - Buch 3

Alpha King - Buch 4

Alpha Varsity - Buch 5

Wolf Ranch

ungebärdig - Buch 0 (gratis)

ungezähmt– Buch 1

ungestüm - Buch 2

ungezügelt - Buch 3

unzivilisiert - Buch 4

ungebremst - Buch 5

unbändig - Buch 6

unkontrolliert - Buch 7

Two Marks

ungebärdig - Buch 1 (gratis)

versucht - Buch 2

Begehrt - Buch 3

verzaubert - Buch 4

Bad Boy Alphas

Alphas Anspruch

Alpha Doms (DE)

Das Begehren des Alphas

Die Strafe des Alphas

Das Versprechen des Alphas

Der Schutz des Alphas

Master Me

Ihr Königlicher Master

Ja, Herr Doktor

Ihr Marine Master

Ihr Russischer Gebieter

Ihre Zwillingsmaster

Ihr Brandmeister

Ihr Küchenmeister

Ihr Hollywood Master

Chicago Bratwa

Der Direktor

Gefährliches Vorspiel

Der Mittelsmann

Bessessen

Der Vollstrecker

Der Soldat

Der Hacker

Der Buchmacher

Der Reiniger

Der Torwächter

Mafia Männer Reihe

Reiz mich nicht

Verführe mich nicht

Zwing mich nicht

Unterwelt von Las Vegas

King of Diamonds: Was in Vegas passiert, bleibt in Vegas, Band 1

Mafia Daddy: Vom Silberlöffel zur Silberschnalle, Band 2

Jack of Spades: Gefangen in der Stadt der Sünden, Band 3

Ace of Hearts: Berühmtheit schützt vor Strafe nicht, Band

4

Joker's Wild: Engel brauchen auch harte Hände (Unterwelt von Las Vegas 5)

His Queen of Clubs: Russische Rache ist süß (Unterwelt von Las Vegas 6)

Dead Man's Hand: Wenn der Tod mit neuen Karten spielt

Wild Card: Süß, aber verrückt

Mountain Men

Held

Rebell

Krieger

Sündhaftes Chicago

Sündenpfuhl

Verwurzelt in Sünde

Mitternacht Doms

Alphas Blut von Renee Rose & Lee Savino

Ihr Vampir Master von Maren Smith

Ihr Vampir Held von Nicolina Martin

Ihr Vampir Schuft von Brenda Trim

Ihr Vampir Rebell von Zara Zenia

Ihre Vampir Leidenschaft von Tymber Dalton, die als Lesli
Richardson schreibt

Ihre Vampir Versuchung von Alexis Alvarez

Ihre Vampir Besessenheit von Tabitha Black

Ihr Vampir Verdächtiger von Brenda Trim

Seine gefangene Sterbliche von Renee Rose & Lee Savino

Die Gefangene des Vampirs by Kay Elle Parker

Vampirbeute von Vivian Murdoch

Die Meister von Zandia

Seine irdische Dienerin

Seine irdische Gefangene

Seine irdische Gefährtin

Seine irdische Rebellin

Seine irdische Frau

Ihr Gefährte und Meister

Zandianisches Haustier

Sein irdischer Besitz

Zandianische Bräute

Eine Nach md den Zandianern

Von den Zandianern gekauft

Von den Zandianer beherrscht

Das Licht der Zandianer

Festgehalten vom Zandianer

Vom Zandianer beansprucht

Vom Zandianer gestohlen

Über die Autorin

USA TODAY Bestseller-Autorin RENEE ROSE liebt dominante, verbalerotische Alpha-Helden! Sie hat bereits über eine halbe Million Exemplare ihrer erotischen Liebesromane mit unterschiedlichen Abstufungen verruchter sexueller Vorlieben und Erotik verkauft. Ihre Bücher wurden außerdem in *USA Todays Happily Ever After* und *Popsugar* vorgestellt. 2013 wurde sie von *Eroticon USA* zum nächsten *Top Erotic Author* ernannt und freut sich ebenfalls über die Auszeichnungen Spunky and Sassy's *Favorite Sci-Fi and Anthology Autor*, The Romance Reviews *Best Historical Romance* und Spanking Romance Reviews *Best Sci-fi, Paranormal, Historical, Erotic, Ageplay and Couple Author*. Bereits fünfmal gelang ihr eine Platzierung in der USA-Today-Bestsellerliste mit verschiedenen literarischen Werken.

Besuchen Sie ihren Blog unter www.reneeroseromance.com